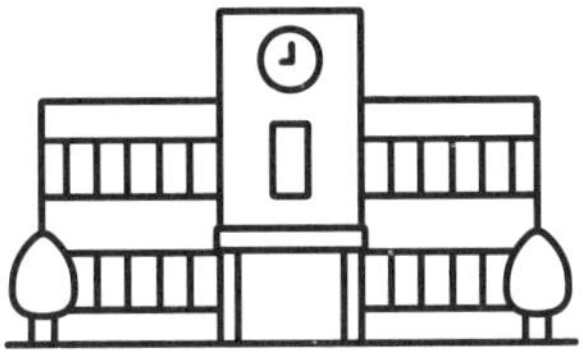

寫出影響力、變現力，在AI時代脫穎而出！

大人的11堂寫作課

長銷
新裝版

千萬寫作課程導師 粥左羅——著

Chapter 3
選題能力：先勝，而後求戰

Chapter 4
標題能力：關鍵節點的槓桿效應

Chapter 5
素材能力：性價比最高的能力

Chapter 6

結構能力：框架大於勤奮

Chapter 7

成稿能力：完成比完美更重要

Chapter 10

日常訓練：讓寫作融入生活

Chapter 11

變現能力：大幅提升個人收入

前言
寫作力，人人都需要的基礎能力

二〇一六年過完春節回北京的高鐵上，我滑了整整兩小時手機，在網路論壇上看同一主題的網友討論：「月薪×萬，是怎樣一種體驗？」雖然我當時的工資只有人民幣五千元（人民幣兌新台幣約一比四・三），住在北京市郊，但看完「月薪二萬是一種怎樣的體驗」的貼文，我覺得沒什麼意思。我繼續滑：「年薪五十萬的人是怎麼過日子的？」「一百萬年薪的人生活是怎樣的？」「年收入一百萬在目前的中國屬於什麼水準？」

這下越看越興奮了，邊看邊幻想自己如何賺到五十萬、一百萬。

這個世界就怕你不敢想，僅僅過去兩年，二十八歲、大學畢業三年多的我，實現很多職場工作者需要五到十年才能完成的小目標：從月薪五千做到年收入一百萬。而且那只是一個起頭，如今我已經有了自己的公司和團隊，以及更大的夢想。這一切來得實屬不易。

我家三代務農，爸媽都是老實的農民，連國中學歷都沒有。從我上小學到高中畢業，爸媽去做農活時，我只要說要寫作業，就可以不用跟著下田。我們家什麼都沒有，只有希望，而那個希望就是我能考上大學。九年前，也就是二〇一〇年，經歷兩次高考後，我終於從山東泰安市下面的一個貧困村落，考上北京體育大學。

二〇一〇年九月六日晚，我坐著泰安到北京的老式火車去學校報到。從晚上十一點多到第二天早上六點多，我幾乎一夜沒闔眼。那天，我誤以為經過二十年的努力，終於實現了命運的逆轉。結果接下來，我在北京度過焦慮、迷茫，甚至自卑的四年。直到今天，我還記得我讀大三時那段難熬的日子，對未來的恐懼讓我整夜失眠。

二〇一四年七月，我熬到畢業，但一切都很糟糕：一畢業就成了北漂族，成了迷茫、焦慮、看不到希望的人。我住在北京市郊約三坪的地下室，和一幫做工兄弟當鄰居，每天早上不到七點起床，帶著一百多斤的明信片坐十幾站地鐵去南鑼鼓巷擺地攤。後來我在西單大悅城做服裝店員，一個月人民幣二千三百塊底薪賣著五百塊一件的短袖襯衫，從上午十點站到晚上十點。每次爸爸打電話問：「你現在還在北京給人賣衣服啊？」的時候，是我覺得自己最無能、最一無是處的時刻。那時候晚上睡不著就會問自己：我真的一無是處嗎？

一紙毫無含金量的學歷，並沒有給我這個毫無背景和資源的年輕人帶來什麼。那麼，後來是什麼改變了我？是**寫作**。

二〇一五年八月，我陰差陽錯進入一家叫「創業邦」的創投媒體做小編。當時我沒有意識到，這竟是我職業生涯的一個關鍵轉捩點，從此開啟我的不同人生。

進入新媒體後，我苦練寫作能力，連續寫出多篇閱讀量超過十萬次的爆文，六個月從小編做到創業邦新媒體營運經理，月入二萬。

二〇一六年，我沒投過任何簡歷，卻因為寫作能力，獲得五份月薪二萬到五萬的工作機會。

二〇一七年三月，因為寫作能力，我成功跳槽，躍升為年薪五十萬的內容副總裁兼首席新媒體講師，線上課程銷售額超過一千萬，也曾為多家名列五百強的企業做培訓，一天下來上課鐘點費合計五萬九千元。

二〇一八年三月，我離職後創立自媒體「粥左羅」，在人人都說新媒體紅利殆盡時，我靠文章寫作三個月累積二十萬追蹤者；八月成立成長社團，至今超過六千人付費加入，並成為年度優質社團；十二月五日我的公司正式成立，在北京有了自己的工作室和團隊。

畢業四年，從沒有工作到成功創業，從第一份工作月薪二千三百元，到賺到第一個一百萬，支撐我一路走來的一個核心競爭力，是寫作能力。如果你想靠寫作賺錢，以寫作為職業，這就是最好的時代。

然而我寫作本書的初心，不僅僅是想幫助職業寫作者更快地成長，更希望人人都能學一學寫作。三年時間寫了三百萬字之後，我有一個非常強烈的感受：**大多數人都對寫作有誤解，認為只有靠寫作為生的人才需要認真磨練這項技能。其實，人人都需要學寫作，寫作能力是經營人生的一項基礎能力。**

我想從六個面向，重新定義寫作的價值，告訴各位為什麼人人需要學寫作。

寫作是最重要的生存技能

兩年多前，有個同事參加一位作家的新書簽書會，回來後送我一本簽名版新書，並悄悄給了我該作家的通訊軟體帳號，但她補充了一句：「能不能加好友就看你了，反正我加了兩次都沒通過。」

真的有這麼難嗎？其實並沒有，我一加就加上了。可當我告訴她我加上後，她又試了兩次，還是沒通過。當時的我還毫無名氣，在那個作家面前，我和我的這位同事都是陌生人，因此，決定是否通過的因素其實只有一個：申請加好友的話術寫得怎麼樣。

溝通能力，決定你獲得資源的效率。

有一次，幾乎同一時間，兩個學員分別發訊息請我幫忙：第一個請我幫忙轉發一篇文章，第二個請我幫忙為他公司的課程錄一段推薦語做背書。第一個簡單，節省時間。第二個複雜，耗費時間。但是，我沒有回覆第一個學員，卻認真幫第二個學員錄了推薦語。

兩者區別在哪裡？在於想請一個人幫忙的時候，是如何溝通的。

在社團裡大家都可以向我提問，但我發現很多人連清晰表達困惑的能力都沒有。有人想加入我的團隊，傳了私訊過來，或許他是很有能力的人，但根本不清楚該怎麼溝通才對，只寫了一句：「老師，你還需要人嗎？我能加入嗎？」

每個人生存於社會中，都必須與人合作，連接資源，獲取資源，為己所用，在此過程中最需要的技能之一便是有效溝通。一個人的溝通能力，決定他最終能獲得的資源規模和品質，以及獲取速度。

行動網路時代，社交媒體改變人們的溝通方式。如今我們更常在線上透過文字溝通，所以在這個時代，**文字表達能力決定我們的溝通能力，也成為我們最重要的生存技能之一**。

寫作是促進成長的絕佳方法

我一直鼓勵大家在社團裡持續寫作。為什麼？因為寫作是促進成長的絕佳方法。

身為寫作者，我經常面臨這樣的狀況：今天不知道寫什麼。

這個問題的本質是什麼？

如果我們今天沒有學習，沒有成長，沒有對一件事進行深入思考，就不知道要寫什麼；如果每天都有東西寫，而且寫出來還不錯，說明今天的你和昨天的你相比，又有了新的進步。一天下來，有沒有得寫、寫得好不好，正是檢驗自己今天有沒有進步、有沒有成長的一個重要標準。

用**輸出反向促進輸入**，寫作絕對是逼著自己每天成長、每天思考的重要手段。

寫作是學習效果的加速器

之前，我跟朋友約定同時讀一本書，讀完後的某一天，我們一起聊讀後感。聽完我的分享，他非常驚訝地問：「我們讀的是同一本書嗎？為什麼你讀完的收穫如此之大，而我不僅理解得沒有你深，很多東西讀過就忘？」

我說：「你讀，只是單純地讀。我讀到特別有感想的地方，經常試著寫下自己的思考，甚至還會發到線上社團裡給大家看，和大家討論，所以我的學習效率、吸收知識的效率可能是你的五倍甚至十倍。」

在寫作過程中我們會發現，很多原以為自己想明白的東西，其實並沒有，想不明白，就寫不明白。

所以，寫作會逼著自己深度思考、吸收、處理、輸出知識，可以極大提升學習效果。

寫作是個人能力的放大器

你有一項技能，和別人知不知道你有這項技能，完全是兩回事。最理想的狀態是：你有一項技能，同時很多人都知道你有這項技能。

寫作就是這樣一個工具，是個人能力的放大器。在社交媒體時代，擁有寫作能力，就相當於在網上為自己安裝喇叭，可以時不時出出聲、亮亮相，讓更多人注意到你，認可你，欣賞你，最終連接到更多的資源。我創業後招募的前兩名員工都是社團裡的成員。這兩個人自從加入社團後就堅持每天寫一篇分享文，時間長了，他們的能力被所有人看到、認可，這就是寫作分享的價值。

在這個時代，個人品牌很重要。如何打造個人品牌？簡單來講就是，技能定位以及持續曝光，二者缺一不可。要持續曝光，就要借助寫作能力。

連接人脈也有兩種方式：一種是主動去連接；另一種則是被動連接，即別人來連接你，寫作就是高效進行被動連接的絕佳手段。

另外，從能力的多角度競爭來看，**越是不靠寫作為生的人，越需要提升自己的寫作能力**。不信組合一下看看：

一個厲害的程式設計師＋會寫作
一個銷售達人＋會寫作
一個優秀設計師＋會寫作
一個產品行銷經理＋會寫作
一個創業者＋會寫作
一個投資銀行經理＋會寫作

將每一種身分與寫作能力相加，都能產生意想不到的效應，這就是寫作的魅力。

寫作可重複銷售自己的時間

要知道，人和公司一樣，都有商業模式，一個人的商業模式，就是他「販售」自己時間的方式。按照這個定義，個人商業模式可以分為三種：第一，同一份時間出售一次；第二，重複出售同一份時間；第三，購買他人的時間再出售。

第一種是大多數人的常態，第三種只有少數人能做到，第二種是每個人都可以立刻動手優化的。怎麼優化？靠寫作。寫作就是在複製時間。我們可以從兩個角度理解。

第一，和一個人分享，和給一群人分享，講的東西是一樣的，但後者效率是前者的十倍、百倍、千倍，甚至萬倍。寫作就是這樣一種高效的交付工具，可以在同樣的時間內成批量地交付你的價值。

第二，和一群人現場分享內容，花費兩小時，接著又一群人想聽，又要花費兩小時。但我一年前寫的文章，到今天依然有人在看，明年還會有人看，不斷有人在看，而我不需要再付出時間。

每個人的時間都是最寶貴的財富，一個人可以重複販售的時間越多，就能得到越大、越多的回報，因此，每個人都要學習寫作，用寫作複製時間，再重複銷售你的時間。

寫作是保值性最強的技能

如果除了本職工作技能，你只能再選一項技能學習，那我建議各位學習寫作，因為這是保值性最強的技能。怎麼理解寫作技能的抗攻擊性？

第一，寫作是一項基礎技能、一項普適技能，我一直宣導「寫作＋」，是因為寫作可以為所有技能賦能。

第二，寫作是一項高增值技能，無論這個世界變成什麼樣，科技如何發展，各行各業如何變遷，寫作這項技能都不會貶值，而且只會越來越貴。

第三，寫作具有極強的時間累積性，這樣的軟性技能越早開始培養越好，一旦形成，別人無法在短時間內超過你。時間就是壁壘，盡快開始寫作，就能享受時間帶來的複利。

整理了以上六點，希望幫助讀者重新理解寫作的價值，即人人都需要，人人可受益。更重要的是，寫作人人可學。

早在二〇一七年我就開始在線上上課教大家寫作，二〇一八年我開始內容創業後對寫作的理解進一步加深，於是在二〇一九年初，我基於過去三百多萬字的寫作經驗，重新梳理全部寫作技巧，推出一門五十堂的線上課程：《粥左羅教你從零開始學寫作》，用錄音檔和文稿方式在我的自媒體「粥左羅」上教大家寫作，讓每個人都可以從零到一，上手寫作。

從二〇一七年至今，有超過十萬人藉由錄音課程向我學習寫作，如今我決定用出書方式，讓更多人受益於寫作。

如何學會寫作？這本書就是最好的解釋，而你需要做的就是馬上行動，開始學習，開始寫作。因為，這項具有明顯複利效應的技能越早開始學習越好，一旦練成，他人便無法在短時間內超越你，因為時間就是壁壘。

1 Chapter

寫作認知

重新理解寫作

1 如何邁出寫作的第一步

我的社團裡有很多人想學習寫作，新手普遍會問一個問題：老師，我非常想嘗試寫作，我該如何邁出第一步？答案永遠只有一個。

別廢話，直接開始寫。別廢話，直接開始寫。別廢話，直接開始寫。

重要的事情說三遍，這是最正確的一個答案，但我知道有人聽了這個答案還是無法開始寫作。針對這個情況，我調查研究了很多一直想寫作又一直沒開始的朋友，終於挖出這個問題背後的癥結，接下來我為大家一一破解。

很多人不敢開始寫作的理由，竟然是覺得自己寫得差。

合理的思路不應該是：我現在寫得差，所以要趕緊開始寫，開始練。現在寫得差，就現在開始練，一年後不就不差了嗎？現在寫得差，但又不開始練，一年之後不還是一樣差嗎？所以，還有什麼理由繼續拖延，不趕緊開始寫呢？開始寫作的第一步，就是**從心底接受暫時**

寫得差這個事實，然後盡早開始練習，這樣才能盡快改變「寫得差」這個現實。

社團裡有人提問：「老師，我有一個很大的疑問，為什麼你能隨隨便便寫出幾千字，而我寫幾百字都很困難？」我回答道：「如果有人說自己一開始就能隨隨便便寫幾千字，那絕對是吹牛。我高強度地寫了三年，現在寫五、六千字的文章也得琢磨半天。我清楚地記得，二〇一五年我做小編時，第一篇文章差點把我逼瘋了，我寫了一個多星期，寫廢了兩篇，到第三篇才寫成。」

知名網路作家「和菜頭」二〇〇四年時嘗試寫劇本，並和一位編劇朋友打賭，稱自己也能寫出如經典美國情境喜劇《六人行》那樣的作品。他寫了一集後自信滿滿地發給朋友「拜讀」，結果收到的回覆是：「你知道你寫的是什麼嗎？你寫的就是爛。」

我有個朋友在投資機構做投資經理，他說：「這個行業，影響力非常重要。有個可以快速提升影響力的方法，就是經常在網路論壇和社群網站上發表文章，文章內容不限，可以是研究報告、產業見解等。」

我說：「你很適合啊，為什麼不寫呢？」

他說：「我想了一年了。我早就知道我應該寫，就是一直沒開始，因為我沒有勇氣公開表達自己的見解。」

我另一個朋友某天終於開通自己的社群帳號，但她寫了第一篇文章後就不敢再寫了，因為她發現有兩個同事關注她。

很多想寫作又不敢寫作的朋友都會有這樣的顧慮：「哎呀，我寫得又不好，發出來別人會怎麼看？同事、朋友會不會笑我？他們會不會覺得我的用語很幼稚？」

這絕對是多慮了。首先，你要知道，你沒有那麼重要。大家都很忙，沒時間笑你。其次，從心理學角度看，別人看到你寫得好時，可能會挑毛病；而別人看到你寫得差時，通常會鼓勵你。有些人很奇怪，只有當你優秀到會損害他的優越感時，他才會攻擊你。

從寫好一段話開始

我玩滑板五年了，在業餘選手裡算滑得不錯的。之前有不少朋友、同事跟我學滑板，大家學習時心態非常好，先練習站上去、站得穩，再練習慢慢滑行，然後練習轉彎等，之後才嘗試平地起跳或者滑U型池。學習不就是這樣循序漸進的過程嗎？為什麼一到寫作這件事上，很多人就妄想能一下子寫出長文章、好文章呢？

所以，邁出寫作的第一步不是從寫長篇文章開始，而是從**寫好一段話**開始。比如今天學習了一個概念叫「刻意練習」，讓你直接寫一篇關於刻意練習的實用性文章很難，但你可以先嘗試寫一段話，向別人解釋「刻意練習」這個概念。

從寫好一、兩百字的段落開始，每天練習，有一天你會發現，竟然可以比較輕鬆地寫

三、四百字了，再繼續練習，有一天就可以毫不費力地寫出八百字。想要盡快開始寫作，先從降低目標、調低預期開始，要知道，沒有人一開始就能寫得很好。

千萬不要等準備好才寫

很多人說：「等我把這門課學好了再寫。」「等我再多讀點好文章後再寫。」「等我準備好了再寫」。可是一準備就是一、兩年，最後還是沒開始寫作。其實就是打著準備旗號，實則是在拖延。

對於寫作，**不要有完美主義傾向。好文筆是練出來的，好文章是改出來的**，從這個角度理解，任何時候，我們寫的每一篇文章都是在為寫好下一篇文章做準備。所以，寫作的精進過程，就是不斷發現過去寫得很差的過程。不要抱著「我先準備好，再一鳴驚人」這種念頭學寫作，要接受過程中的不如意，有句話說得好：先行動起來，你就成功了一半。

堅信一件必然會發生的事

要堅信，用正確的方法持續訓練，一定會越寫越好，這是一件必然會發生的事。從開始寫作的那一天起，我就堅信這件事，從沒動搖。

我的助理從我的第一篇文章開始看，起初覺得每一篇都好，就以為我是天才型的；後來看到三年前的文章才明白，我也是練出來的。

在這個世界上，天才和智力不足的人各占一％，我們大多數人既不是前者也不是後者，都是普通人，我們既做不到不寫不練就能一鳴驚人，也不會持續訓練卻沒有進步。

我的社團每周都會做一個精華內容貢獻榜，有個叫「星裡浣」的成員幾乎每周都在貢獻榜前三名，但其實他並不是一開始就寫得好。我特意翻出他剛加入社團時寫的文章，發現都很糟，篇幅短、碎碎念、沒營養，但他不管寫得好不好，就是死皮賴臉地每天寫。僅僅用了三個月，他的寫作水準就有很大進步，第四個月時，他從深圳來到北京，成為我第二個正式員工。

我負責提出正確的方法，各位負責持續不斷地訓練，剩下的交給時間。要堅信，美好的事情一定會發生。美好的事情不是指比誰厲害，而是不斷地比曾經的自己更厲害，你最大的對手是自己。

邁出寫作的第一步，重點不在技術層面，而在心態層面。要從心底接受自己暫時寫得差這個事實；要知道最大的對手是自己，別人沒有時間笑你；千萬不要等準備好了再開始寫，先行動起來，就成功了一半；從寫好一段話開始寫作，堅持用正確的方法，持續訓練，一定會越寫越好。

2 支撐寫作能力的三個核心要素

寫作能力是什麼？有人覺得很簡單，寫作能力就是文字表達能力。若你這樣理解，可能一輩子都寫不好。我們來拆解一下這個問題。

只要接受過正規教育，詞彙量夠用，口頭表達沒問題，基礎表達能力就是合格的。你能寫八百字的學測作文，就說明可以寫作，哪怕只是為湊足字數，也說明你可以寫。

人人都可以寫作，但寫出來的東西往往有天壤之別，你覺得自己寫得不好，於是拚命練習表達技巧，訓練遣詞造句，努力提升文采，以求提高寫作水準。

若只是這樣練習，你可能一輩子都寫不好。因為在寫作方面，新手與高手的差距除了遣詞造句能力，還有一個更核心的東西——**思考高度**。面對同一件事，別人能看到一點，你能看到五點；別人能看到五點，你能看到這五點之間的聯繫；別人能看到這五點之間的聯繫，你還能看到這件事的五點和另外一件事的三點的內在關係。這樣，你寫出來的東西一定更好，哪怕遣詞造句能力稍微弱一點，你的寫作水準也更勝一籌。

知道了寫作的核心是思考高度後，於是你開始每天絞盡腦汁思考，訓練思維、提升認知，以求提高寫作水準。但若只是這樣練習，我依然可以說你可能一輩子也寫不好。因為在寫作方面，拉開大家思考高度差距的也有一個核心指標——你的**輸入**。例如，現在讓你以「逃離北上廣」的話題寫作，如果沒在北上廣[1]生活過，又不去讀北上廣的故事，還不去看根據北上廣故事拍攝的電視劇、電影，也沒跟在北上廣打拚過的人聊過，怎麼可能寫好這個主題。也許各位會說：我可以想像。但這種想法是錯的，想像力是閱歷的延伸，否則人想像出來的外星人和鬼，就不會都長得像人了。沒有持續、大量、優質的輸入，你的思考和輸出就是無本之木、無源之水，寫什麼都有心無力。

講完這些，我們可以給寫作重新下一個定義：**寫作是對輸入進行思考後的輸出**。因此，提升寫作能力的三個核心要素是：**輸入、思考、輸出**。

提升輸入效果

這幾年不管工作多忙，我每天都強迫自己大量閱讀，因為學習成長本質上就是一個每天不斷輸入、思考和輸出的過程。只有不斷進行高品質輸入，才能不斷掌握新知，獲得新觀點，產生新思考。也只有這樣，才能長期、穩定、高品質地輸出內容。如何提升輸入效果？

① 提高輸入強度

一句話，沒有數量就沒有品質。在思考能力、表達能力相當的情況下，一個每年讀五百萬字的人和一個每年讀五十萬字的人，他們的寫作能力注定是不同的。一年的輸入差距就如此大，若是持續十年呢？那簡直是天壤之別。因為前者已經讀了五千萬字，後者只讀了五百萬字。一年讀五百萬字有多難？我們算一下，五百萬除以三百六十五天，大約每天只需要讀一．三七萬字。一．三七萬字很多嗎？如果是讀三千字的文章，每天認真讀五篇就夠了。一般來說，認真讀一篇三千字的文章需要十五分鐘，要讀完五篇，每天只需要一小時又十五分鐘。這樣一算，要達到一年五百萬字的閱讀量真的不難。難的是什麼？堅持。所以不用每天拿出三、四個小時來閱讀，高手的戰略是關注持續性和穩定性，堅持每天讀一個小時。

② 提高輸入標準

有一次，我和幾個同學聚餐，吃完飯後去了一個同學家。閒來無事，大家說一起看部電影吧，同學翻出一部電影，我們就開始看。越看我越覺得看不下去，於是我問，這部電影網路評分是多少？同學說他沒查。我查了下，不到六分。回家路上我就在想，明明有成百上千部評分達八分、九分的電影，為什麼我們六個人要花兩個小時看一部爛片？我自己是個電影愛好者，看過至少五百部電影。我每次看電影之前都要認真選，因為我知道，從一八九五年世界上第一部電影在法國誕生至今，光是好電影就有數千部、上萬部，可能我們一輩子都看

1 二〇〇〇年代末期開始在中國媒體和網路上出現的名詞，為了方便，把中國三大城市（北京、上海、廣州）的第一個漢字連在一起使用。

不完，那我為何還要浪費生命去看爛片？

閱讀也是一樣的道理，不要浪費時間讀垃圾文章。每個領域都有一些好作者寫的好書，選書時不要太隨意，可以看看讀者書評，看看網路評分，看看業界口碑。選擇網紅也是一樣，先把追蹤列表上低品質帳號清理一番，多關注優質帳號。別問我優質帳號哪裡找，若有心找，沒有什麼難的。從社群網站裡點開一篇文章，看看前兩段就可以判斷文章是好是壞，別一股腦地往下讀。另外，刪除只提供沒營養資訊的手機程式也很必要。

③ 提高輸入效果

很多人說，我讀的也不少，閱讀標準也很高，但為什麼還是感覺進步緩慢？這是多數人的痛點。你可能每天都讀十幾篇好文章，但讀完也就忘了，記不住什麼，也學不到什麼，這就是無效閱讀。那麼，如何提高輸入效果？記住一個大前提：**讀完不是目的，吸收才是**。很多人把閱讀目標定為「這周我要讀完兩本書」「今天我要看完十篇文章」。他們的目標不是要藉由讀這篇文章解決一個什麼問題、學習什麼技巧、思考什麼話題，對他們來說，一篇文章讀完了，任務也就完成了。這樣的閱讀是低效的，只是為了自我滿足和發動態炫耀。我們該如何閱讀？下面是我的幾點閱讀建議。

- 要帶著目標和預期閱讀。
- 要養成邊讀邊思考甚至做筆記的習慣。

- 要更聚焦，進行主題式閱讀。
- 好內容要反覆讀。
- 閱讀時，要帶著批判性思維和學習的心態。
- 在閱讀過程中，要不斷代入自己的工作和生活場景。

訓練思考能力

在表達能力沒問題的情況下，如果能深入思考，就一定能精彩地寫作。思考能力絕對是寫作能力核心要素中最重要的部分。思考能力決定認知水準，認知水準決定判斷力，判斷力決定選擇力，千千萬萬個選擇構成你的一生，決定你一生的命運。思考品質高的人，注定會擁有更好的人生。如何訓練思考能力？

① 習慣性追問事物本質

英國哲學家羅素說過，很多人寧願死也不願意思考。用腦思考是一件比搬磚還累的事，於是有人可以接受對一件事只有模糊的認識。因此，提高思考力要從習慣性追問事物的本質開始，比如在看這本書之前，有沒有認真追問過自己，寫作能力的本質是什麼？我相信大多數人都沒有。面對萬事萬物，都要保有一顆好奇心，要去追問本質。像是大家都知道寫作要製造共鳴，但只有極少數人願意追問到底什麼是共鳴；大家經常用「雞湯」這個詞，但只有極少數人願意追問到底該如何定義雞湯；近些年大家都在說消費降級，但只有極少數人願意追問現在到底是不是真的消費降級了。

② 習慣性建立知識連結

有句成語叫「融會貫通」，我的理解就是把散落的知識點織成一張知識網，每一個知識點都和其他知識點有著千絲萬縷的聯繫，我們要習慣性地建立知識間的各種連結。當學到一個新的知識點時，要思考這個知識點可以被哪些知識解釋，又可以去解釋哪些知識；這個知識點又和哪些知識點相似。舉個例子，有一天我學到一個名詞叫「漏洞行銷」，比如肯德基有過一次漏洞，使用者只要將帳號個人資訊中的生日改成某個日期，馬上就能獲得全家桶半價優惠券，一時間大量用戶瘋狂下載、註冊。很快，肯德基App就進入蘋果商店熱門App排行前五十。其實，這個漏洞就是商家故意放出來的。於是我馬上想到，可以用人性中一些不好的特質來解釋「漏洞行銷」，同時又可以用「漏洞行銷」去解釋為什麼說「行銷就是隔著螢幕看透人性」等，這種方式可以有效地訓練思考力。

③ 習慣性應用所學知識

一切不被我們應用的知識，都不真正屬於我們。學到一個下標題的技巧後，你可以馬上找十個標題，用這個技巧去拆解、優化；學到一個企業品牌的塑造方法後，可以問問自己，個人品牌的塑造是否可以應用這種方法；學到一個造成熱銷的海報設計邏輯後，逛街時可以想想，商場、門市的設計是不是可以參考借鑒這種設計邏輯。應用知識的過程，便是提高思考力的過程。

強化輸出能力

寫作是呈現，是前兩步的結果，但太多人只注重結果，忽略了路徑。所以我們先講了輸入和思考，最後來講輸出能力。如何強化輸出能力？

① 不斷寫，持續寫

寫作是一門手藝，手藝最重要的是手感，手感的產生和保持源於持續。我不建議一天動輒寫上五千、一萬字，我的建議是：可以寫得短些，例如一、兩百字，但最好每天寫。

② 既學寫故事，又學寫觀點

要想提高寫作能力，就要磨練寫故事的能力。人天生就愛看故事，從遠古到現在，從小時候到長大，我們一直是這樣。想提高寫作能力，還要磨鍊寫觀點的能力。人內心還是追求進步、積極向上的，我們還是希望能在一件事中獲得啟發，使自己進步。

③ 建立自己的寫作流程

寫作是一項系統工程，其中包括定主題、擬標題、建框架、查資料、寫初稿、排版、校對、修飾等非常多的步驟，不同人有不同的寫作習慣，要建立適合自己的流程。建立流程的目的是什麼？提高效率和保證品質。

④ 建立自己的回饋系統

你寫得好不好，哪裡好，哪裡不好，有多少人看，有多少人喜歡，喜歡到什麼程度等，這些都是回饋，只有建立一個這樣的回饋系統，才能根據回饋不斷提升寫作技巧。

為了強化輸出能力，需要先理解上述四個要點，我會在後續章節中告訴各位該如何強化。

寫作是對輸入進行思考後的輸出。寫作能力的三個核心要素是輸入、思考、輸出，其中輸入是前提，思考是本質，輸出是結果。學好寫作，三者缺一不可。

3 為什麼必須公開寫作

我提到寫作時，都是指公開寫作，而非私密寫作。如何區分公開寫作和私密寫作？有人認為私密寫作指的是寫日記、隨筆等，這是不精準的。有些人寫文章也不公開，而有些人會將日記發布在網路上。公開寫作和私密寫作的區別不在於寫什麼，也不在於寫得好不好，而在前者是為公開發表而寫，後者是為自己私藏而寫。

為什麼學習寫作要強調公開寫作？因為公開是有力量的。不妨延伸思考，例如有個女性朋友告訴我，很多女生宅在家裡時連臉都懶得洗，更別說洗頭了，但女生一旦要出門，少不了一番整理，力求做一個妝髮完美的女孩。

這就是公開的力量。人是社會化動物，極其在意外部評價。

再回到寫作上，我歸納四個要點，介紹為什麼必須養成公開寫作的習慣。

借助外部壓力，提高寫作標準

在進行私密寫作時，你的表達沒有接收者，因此也不會過多考慮表達的有效性，你更多是在記錄自己的想法，想要滿足的是自己，所以在寫作時可能不會在乎結構是否夠好、邏輯是否嚴謹、語句是否通順、用詞是否準確，你會在無形中降低很多標準，因為不需要對任何人負責，只需讓自己看懂就行。

公開寫作則會給寫作增加很多面向的外部壓力，你會想如何讓別人清楚理解自己要表達的意思；如何傳遞更多價值，讓別人讀完有所收穫；如何讓更多人看到；如何讓別人讀得下去；如何排版讓大家看得更舒服；如何讓更多人喜歡⋯⋯

無論是將作品發給朋友、公司社群、學習社團，還是發到大眾媒體、通訊軟體、網路論壇，公開寫作會讓你感受到很多外部壓力，這些會讓你更認真對待寫作這件事，進而提高對寫作的自我要求。

反之，私密寫作的日記只藏在資料夾裡，不用給別人看，這樣的寫作幾乎不用承受任何壓力。人在沒有壓力的時候，很容易放過自己、原諒自己，儘管你有能力寫好，但往往寫得並不怎樣。

借助外部回饋，提升寫作技巧

我有一個朋友，從我們一起讀高中起，她就一直堅持寫日記，一寫就是十年。要說她寫作水準一點都沒進步也不公平，但事實是，那十年的進步沒有比她去年向一個知名媒體投稿進步得大。

何謂進步？就是不斷強化優勢，不斷彌補劣勢，不斷發現自己的問題並解決。每個人都有自己的認知局限。寫完文章不發表，就永遠拿不到這個世界對這篇文章的真實回饋，想改進都無從下手。一篇文章公開發表後，你可以馬上得到來自真實世界的回饋。你可能會說，我把文章發在社交媒體、大眾媒體，也沒有人給我回饋。錯，沒有回饋也是一種回饋，這說明在你能觸及的人群裡，你沒有打動任何人，這種回饋可以讓你反思、進步。

回饋的面向有很多，比如按讚數、閱讀數、分享數、評論數、好評多少、壞評多少、好評主要在說哪方面好、壞評主要是說哪裡不足等。每一個面向都可以幫助自己提升寫作技巧。閱讀人次低，說明你的主題不是大家關心的，按讚數少，說明你的表達沒能贏得多數人的認可，評論數少，說明沒有想辦法挑起讀者的參與感。有時候我們以為寫清楚了，但讀者的質疑能讓我們發現不足並繼續改進。

我多半在社團和自媒體上寫作。每一篇文章發表後，我都會關注按讚數、評論數，我會去看評論區的每一條留言，看大家說了什麼。社團的留言區有互評的功能，我會看大家是如何討論這個話題的。此外，我還會在公眾平台看每篇文章的分享人數。

只有不斷得到真實回饋，才能更清楚地知道自己是誰，如何才能變得更好。

借助外部激勵，驅動自己長期撰寫

公開寫作不是自嗨，而是為了創造價值，只要能創造價值，就一定能感受到外部激勵。

寫作對今天的我來說，不需要用「堅持」這兩字來約束。寫作變成一件令我上癮的事，為什麼？因為有太多外部激勵讓我欲罷不能。每次發表一篇文章，藉由閱讀量、按讚數、評論區的回饋，我都能切切實實地感受到寫這篇文章的價值，這使我充滿成就感，琢磨一篇文章的辛苦瞬間煙消雲散。偶爾更新慢了，很多粉絲會催我更新；很多人說我的每一篇文章他都看；有的人會把文章推薦給自己最好的朋友……這些外部激勵，讓我放不下筆。

在我的社團裡，我不斷鼓勵大家分享自己寫的東西，不少成員鼓起勇氣開始分享，竟然獲得許多人按讚、評論和鼓勵，從此一發不可收拾，喜歡並開始長期寫作。我每個月都會拿出幾千元獎勵大家分享，還做了每周更新的優質內容貢獻榜，鼓勵成員創作優質內容，這些外部激勵讓很多成員開始持續寫作。

以上這些外部激勵只有公開寫作才能獲得，私密寫作哪怕寫得再好，都不會接收到任何外部激勵。很多人明明寫得不錯，卻長期誤以為自己寫得不好，這是因為一直沒有人告訴他其實他很有天分。

只有公開寫作，才是真正完整的寫作

李安導演說，拍電影的時候力氣不是光你出，觀眾也得分一半。

我認為寫作也是這樣。完整的寫作應該包括作者、讀者、內容、互動，缺少這些要素中的某一點都是不完整的寫作，新媒體時代更是如此。我寫的很多文章都有上百則甚至上千則留言，其中有很多長評論，這些留言大比例地豐富、補充了文章內容，從某種意義上說，也成了文章的一部分。

只有進行公開寫作，你的文字才能幫助你打造個人品牌，幫助你高效連接人脈和資源。

如前所述，寫作分為公開寫作和私密寫作，兩者區別不在文體，不在品質，而在前者是公開發表的，後者是自己私藏的。我一直宣導公開寫作，因為這是作者和讀者藉由內容和互動共同完成的完整寫作。透過公開寫作，可以借助外部壓力提高自己的寫作標準，借助外部回饋提升自己的寫作技巧，借助外部激勵驅使自己長期寫下去。

4 到底怎樣才算好文章？

在學習寫作之前，先要瞭解好文章的標準，不妨回憶一下我們經常碰到的兩種場景。

第一種場景，作為讀者的我們經常在讀完一篇文章後大呼精彩，然後推薦給朋友，但當朋友問這篇文章好在哪裡時，卻無法說出為什麼，也就是說你確確實實地覺得好，卻不知道怎麼表達。

第二種場景，作為作者的我們，有時候認認真真寫了一篇自認為很好的文章，發表後卻回響平平，有時候隨意構思的文章，自己並不認為寫得有多好，發表後卻備受好評。

這是怎麼回事呢？因為我們對「什麼是好文章」沒有清晰的認知，所有判斷都基於模糊的情緒體驗，這種判斷必然是不穩定的。讀者這樣並無大礙，但作者有必要形成一套自己的判斷邏輯。知名投資人李笑來說過一句話：「審美常常並不需要知道原理，但創造美的人必須有方法論，否則不可能持續創造。」

我既是一個長期閱讀的人，又是一個持續寫作的人。基於這些年我對好文章的判斷，提煉出五條標準，接下來結合案例個別說明。

提供新知，創造價值

我經常說，寫作不是自嗨，而是為了創造價值。想要創造價值，得提供新知。新知的「新」很重要，我們所表達的若是人人都知道，那讀者不必讀文章。閱讀是讀者的自我完善，他需要從你的文字中汲取他身上本來沒有的東西。新知的「知」代表知識、認知，但新知也不局限於新知識、新認知，也可以是新方法、新資料、新故事、新視角等。

我寫過一篇被多個平台轉載的熱門文章，題目是《湖畔大學梁寧：成就高的那批人，全都有同一種天分》。這篇文章為什麼好？就是因為文章提出很多人不曾有過的新知。比如，人人都想知道自己的天分，這篇文章提出，人最重要的天分是快樂。

上天安排一個人的命運，或者給一個人使命，其實是給他一個愛好，一種真實的喜歡。人沒法拒絕自己真實的感受，不論現實把他層層緊縛在哪個軌道裡，他總會一點點移開重負，騰出一絲空隙，讓自己投入真實的快樂裡。這種讓人快樂的東西就是一個人命運的把手。所以，要找到那件能讓你一直不厭其煩地做下去的事，就是你的天分所在。

長得漂亮、身體協調、智商很高……這些都是你的顯性天分，更重要的是你的隱性天分——什麼會讓你快樂。

這篇文章還提出，痛苦是比快樂更重要的天分。當一個人不再痛苦的時候，也許他超越了，也許他就此平庸了。對於擁有巨大痛苦的人，歡愉是短暫與廉價的。

情緒是一個人的作業系統。我們後天學習的東西都是理性的，理性是把人往回拉的力量。但驅動一個人的其實是他的內在感受、他的情緒，那是他的作業系統。

這就是我那篇文章中的新知，新知是能給讀者帶來愉悅感的東西，因為讀者經由閱讀吸收了不曾擁有的東西。

訊息量大且密度高

很多人經常問我：一篇文章寫到多少字比較好？是不是太長了，讀者就讀不下去？新媒體時代是不是就應該短、平、快？

長短並不是判斷一篇文章好壞的標準，判斷文章好壞最重要的是資訊量和資訊密度。寫了一千字，但廢話連篇，真正有用的只有兩百字，能說這篇一千字的文章短嗎？不短，太長了，應該刪到兩百字。寫了一萬字，段段精彩，全篇讀下來沒有任何一段多餘，能說這篇一萬字的文章長嗎？不長，不能因為有一萬字就想刪掉幾千字。

二〇一八年國慶假期前一天，我寫了一篇實用文章：《如何科學安排假期，做真正會休息的高手？六千字給你講透》。這篇文章訊息量足且密度大，不斷衝擊讀者大腦，讓讀者在閱讀過程中不斷產生思維啟發上的刺激。

一篇六千字的文章，我用換腦、主動娛樂、被動娛樂、自控力、心流、邊際效應、峰終定律等概念，向大家介紹如何科學休息，讀者讀完大呼過癮。

我喜歡寫長文章，因為我覺得要把任何一件事講明白都不是三言兩語能完成的。「長」並不是阻礙閱讀的因素。好多讀者留言說，我的文章讓他們第一次有耐心認真讀完這種長文。當然，我從來不主張刻意寫長文，大家在寫作時也不要被篇幅限制。如果能用精練的語言講明白一件事，那自然再好不過，長短並不是判斷文章好壞的標準。我們要用訊息量保證文章的價值，用資訊密度保證文章提供價值的效率。

邏輯性強，論證精彩

人偏愛有序，討厭無序，有序就是有邏輯，無序就是混亂。

新手寫文章不注重邏輯，在謀篇布局和語言組織方面都很隨意，因此讀者讀的時候會感到一頭霧水，心想：這個作者到底想表達什麼？

寫文章時，提出一個觀點並不難，寫一個案例故事也不難，難的是將兩者連結起來，而高手能把二者結合得恰到好處，其實就是看你的論證是否精彩。提出一個好觀點，卻沒有好的案例去論證，會讓好觀點站不住腳；如果有好的案例，即便讀者最初不那麼認同你的觀點，最終也可能被說服。如果講的人都不能自圓其說，聽的人怎麼會心服口服呢？

我有一篇千萬人次閱讀量的熱門文章：《我為什麼建議你留在北上廣深？一個八年北漂

的四點思考》。這篇文章講的並不是什麼新鮮話題，逃離北上廣是一個老生常談的話題。這篇文章好在哪裡？整篇文章的邏輯性比較強，用個人經歷引出一線城市更有助於成長這一話題，然後從四個面向層層展開講述，在每一個面向上都找最能證明這個觀點的案例事實。比如在最後一個面向上，我寫的是：如果你是一個「怪物」，一線城市允許你做自己。

這個面向的內容並不多，但成了整篇文章最經典的部分，在網路上還成為熱門話題一陣子，原因就是我的每一句話都在論證上述觀點。以下是那篇文章的部分節選。

三十歲不結婚，你就是「怪物」。
結了婚不生孩子，你就是「怪物」。
好好的公家單位不幹，你就是「怪物」。
大學畢業後不考研究所，你就是「怪物」。
夏天穿超短裙，你就是被人說閒話的「怪物」。
花兩個月薪水紋個滿臂刺青，你真是超級「怪物」。
有錢竟然不買房，你簡直是腦子進水的「怪物」。

說實話，小地方裡的「怪物」真不多，為什麼？因為小地方不允許「怪物」存在啊，

你若是個「怪物」，你就完蛋了，
人人都要挽救你，教育你，隨時隨地，
為了你好，他們要你變成跟他們一樣的人。

一個人教育你還好，
說不定你還能對抗一下，過過招，
但十個人、一百個人都要教育你時，孤立無援的你，會徹底崩掉，
每次被教育後，你可能都要經歷一個漫長得像一生一世的難眠之夜。

嘿，如果你是「怪物」，來大城市吧。
這裡的人都很忙，沒時間拯救你，
你唯一需要對抗的就是你自己。
別讓任何人，糟蹋了你的人生。

容易理解，不能高高在上

微博上的熱門公眾號「十點讀書」創始人林少，在談「什麼是優質內容」時，有一段這

樣的描述：不能高冷，不能讓大多數人望而卻步；不能低俗，不能只迎合人們的欲望。

就大眾閱讀來說，好的內容是那些社會中大多數人踮起腳尖，恰好搆得著的內容，不會對大多數人的智力和學識構成嚴峻挑戰，同時又能讓大多數人感受到閱讀比自己水準高一點點的內容時的美好。

有個公眾號叫「孤獨大腦」，我跟作者老喻也探討過這個話題。

老喻的文章寫得都很好，但也確實會對大多數人的智力和學識構成嚴峻的挑戰。我喜歡他的文章，但同時我告訴他：「你的文章，我讀之前會先問問自己有沒有兩個小時，如果沒這個時間，我就先不看了，因為太難讀了。」

老喻的公眾號從二〇一三年開始發文，但一直沒多少人看，肯定有這個原因。

二〇一七年，資深媒體人羅振宇在某一期節目中向大家推薦一篇老喻的文章，這次推薦給老喻帶來近五萬名追蹤者。基於這五萬名種子讀者，老喻在一年多的時間裡累積了約三十萬名追蹤者，但同時追蹤者成長進入瓶頸期，因為讀這類文章的人本來就是少數。

當然，老喻堅持自己的讀者定位和內容偏好，這種堅持是好的，每個人都要堅持自己相信的事。不過我們要探討的是，如果想讓自己的文字被更多人讀到，獲得更多追蹤，就要在表達上離大眾更近一點，更親民一點。因此人人都要學會把複雜的東西寫簡單，要寫大多數人踮腳就能搆得著的內容，讓八〇％的人都能看懂。

真誠溝通，不說教不輕佻

雖然我把這一節放在最後，但其實這是我最看重的。寫作是一種表達，但最有效的表達，往往在於溝通的姿態。

公開寫作曾經是少數人的特權。在傳統媒體時代，內容生產權掌控在報紙、雜誌、出版社手裡，想要公開發表自己的作品就要去投稿，作品能不能被發表或出版並不是創作者說了算，這使文字工作者面對讀者時有一種居高臨下的優越感。而在新媒體時代，內容生產權下放到每個人手中，人人都可以發出自己的聲音。寫作者的優越感成了傳播的毒藥。

作者需要一種服務的姿態，要在字裡行間讓讀者感受到作者的真誠，不能說教，更不能輕佻，否則讀者不會喜歡。創作者不能俯視讀者，諂媚讀者，應該真誠地與讀者說話。

我寫過一篇十萬多點擊量的文章，那篇文章並非在短時間被大量傳閱，是在沒有刻意引導的情況下獲得約一千六百個讚。那篇文章最大魅力不在文字技巧，不在謀篇布局，而在滿滿的真誠。寫作時對讀者是否真誠，不用問別人，在寫的過程中自己就能感受到。我寫這篇文章時的感受就是，我做到對讀者毫無保留，因此發表這篇文章時，我在作者欄寫的是：真誠獻給十萬粉絲。

如何做到真誠？沒有一條道路通向真誠，真誠本身就是道路。

審美常常並不需要知道原理，但創造美的人必須有方法論，否則不可能持續創造。對寫作者來說，我們要建立一套好文章的評判標準：好文章要提供新知，創造價值；訊息量大且密度大；邏輯性強，論證精彩；容易理解，不能高冷；最後是永遠有效的兩個字——真誠。

2 Chapter

讀者思維

寫作是手段，不是目的

1 為什麼要有目的地寫作

為什麼要講寫作中的讀者思維，要先強調寫作的目的性？

寫作是為了創造價值，藉由文字內容，把價值交付給讀者，同時得到想要的回報。因此以終為始，先思考我們想要得到什麼回報，然後回推應該提供什麼樣的內容。

寫作之前一定要問自己：你要達成什麼目的？否則很容易寫出一堆漂亮的廢話。

如何有目的地寫作？寫作之前，要先確認三點。

確認寫作目的

每篇文章都有自己的使命，都有核心目的，而且這樣的使命最好只有一個。我舉一些「粥左羅」這個自媒體上發表的一些文章。

《寫給每一個渴望向上生長的你》，這篇文章的核心目的只有一個：讓每個新關注這個帳號的讀者，在看完這篇文章後第一時間喜歡這個帳號。

《粥左羅開通一個新交流管道，每天逼你學習、成長、賺錢》，這篇文章的核心目的只有一個：從公眾號裡篩選出同路人，組建一個成長社團。對這樣的文章而言，閱讀量沒有任何意義，它的目的不在於傳播。

《二一一大學畢業後，我在北京擺地攤，月入二萬的真實經歷》[1]，這篇文章幾乎全部是自己的經歷，採用「故事＋實用工具」的形式，核心目的只有一個：打造個人品牌。

《湖畔大學梁寧：成就高的那批人，全都有同一種天分》，讀過這種文章就會明白，其核心目的一定是打造業界影響力，且可以提升社群的地位。當然，這篇文章恰好閱讀量很不錯，但我想說的是，即便這種文章閱讀量不高，也要寫作並發表，因為只需要影響業界中的精英人群。

《半年學好英語，怎樣才有可能》，這是一篇「英語流利說」的廣告，該文的核心目的只有一個：賣課程。

同一個帳號裡不同的文章，寫作目的都不一樣，所以在寫每一篇文章的時候，都要先確定寫這篇文章的目的是什麼。比如我在知識分享平台「知識星球」裡寫的文章雖然都不長，

1 中國在一九九〇年代中期，為了「迎向二十一世紀打算重點建設約一百所左右的大學」，遂從各地挑選約一百所大學列為國家培育重點，優先給予補助經費，即是所謂的「二一一工程」。

但幾乎篇篇是精華，在這裡我不用費盡心思想標題，只需要把內容做好就可以。為什麼呢？因為在知識星球裡寫文章，核心目的只有一個：用最好的文章，服務好社團成員。所以寫的文章，不用考慮閱讀量，不用考慮後續傳播，我安心寫好內容即可。

再比如在職場裡的寫作，我們寫郵件時要問自己：我寫這封郵件的核心目的是什麼？是向主管表達感謝之意，還是向主管申請經費？是彙報工作還是申請加薪？是讓主管審批專案，還是向主管提出建議？核心目的不同，表達的重點肯定不一樣，否則你想要的是A，對方還以為要的是B。

確認閱讀對象

我的自媒體接過三個英語學習的廣告。

英語流利說的廣告標題是《半年學好英語，怎樣才有可能》。

極光單詞的廣告標題是《不用「背」單字，一個方法牢記七千單字：我是如何做到的》。

水滴閱讀的廣告標題是《知乎百萬人熱議：下一個十年，什麼樣的人最容易賺大錢》。

在這三篇廣告文中，閱讀量最高的是第三篇，但如果我是廣告主，我寧願不要這篇的高閱讀量。很明顯，點開前兩篇文章的讀者，都是想學英語、想背單字的朋友，而點開第三篇的，幾乎都是想賺大錢的人。所以從閱讀對象來說，第三篇文章不好，目標不夠明確，而前兩篇文章雖然閱讀量沒那麼高，但讀者都是廣告主真正想觸及的閱讀對象，也就是那些想學英語的朋友。閱讀對象不同，寫作所要採用的表達方式就不同。

另外一個角度是表達的有效性，就是你的閱讀對象是否真的可以接收到你的資訊。例如我寫了這樣一段話。

> 最近接廣告很難了，我準備嘗試下CPS的，另外用戶成長也很難了，我準備試試廣點通，然後少寫點文章，多拿出點時間看看有什麼新機會，前幾天峰瑞資本的朋友說可以引薦我去做EIR，我覺得有戲，我還認識他們的一個LP呢……

如果我在同行社群裡這樣寫可能沒問題，但如果我直接在社交媒體裡寫這樣的內容，可能會讓很多讀者抓狂，這段話裡有太多業界術語。同樣的內容，一群人能接收到我要表達的資訊，未必另一群人也能接收到，這是閱讀對象的差異性導致的。在現實生活中，很多人在聊天和寫作時都會犯這樣的錯誤：光顧著自己表達，不顧對方能否接收。

在職場中，針對同一件事，寫給下屬看的，不要直接發給主管看；寫給自己部門的人看的，不要直接發給別的部門看；給甲方看的，不要直接發給乙方看……同樣的內容要根據閱讀對象不同，重新調整表達方式，否則，在表達有效性和目的達成率上都會打折扣。

確認閱讀場景

任何東西都是在特定場景下運用才更有效。場景的面向有很多，比如空間、時間、功能……

如果你寫了一段關於公司的小短劇，比起平時，肯定是在尾牙或者教育訓練的時候講更有效，因為在那種場景下大家都是放鬆的，能暫時忘掉業績壓力，隨時準備開懷大笑。這比較著重於空間場景的變化。

如果你寫了一篇關於摩拜單車創始人胡煒瑋的文章，比起平時，肯定是在美團收購摩拜時發出去閱讀量更高，影響力更大。這側重於時間場景的變化。

如果你要寫一份工作彙報，要先確認是直接發給主管讓他自己看，還是要在會議室用簡報檔講解。如果要直接發給主管，必須寫得夠詳盡才能讓他獲得足夠資訊，並且能使其更好地理解；如果要用簡報檔講解，寫得太詳盡反而會顯得囉唆，這種情況下只需要把框架性的東西展示出來，對於細節，現場講解效果更好。這側重於功能場景的變化。

不同寫作平台也對應不同的閱讀場景。我現在將寫作的內容主要發布在三處：一是自媒體，二是知識星球社團，三是寫作課。

在第一種場景下，幾十萬名追蹤者在網路端閱讀，我要考慮表達的普適性，因為追蹤者構成相對複雜；我要考慮文章的趣味性，因為追蹤者閱讀干擾太多，隨時會關掉文章去看其他內容；我要考慮文章的可傳播性，因為朋友圈裡都是熟人，大家更喜歡轉發能提高自己格調的文章。

在第二種場景下，幾千名社群成員在知識星球App裡閱讀，我要保證內容短小精練，滿足大家利用碎片化時間使用知識星球的需要；我要盡量弱化系統性，因為想讓大家任何時候進來看任何一篇文章都可以，而不是必須看了前面的才能看後面的；我要更加在意互動，因為作為一個社群，這裡要表現出更強的社區感。

在第三種場景下，幾千、數萬名付費用戶在聽課時看課程講稿，我要保證知識密度足夠大，滿足大家高效獲取知識的需求；我要考慮系統性的問題，不能和知識星球一樣，因為這是一整套課程，要系統、循序漸進、有先後順序。

寫作是為了創造價值，即藉由文字內容向使用者交付價值，同時得到你想要的回報。因此我們以終為始，先確定想要得到什麼回報，然後回推應該提供什麼樣的內容。有目的地寫作要做到三點：一是確認寫作目的，二是確認閱讀對象，三是確認閱讀場景。

2 從單向溝通到雙向溝通式寫作

單向溝通是指資訊發送者發送資訊，接收者接收資訊。在整個過程中只有發送者向接收者發出資訊，而無接收者向發送者回饋資訊，雙方位置不會產生變化。例如你的老闆發訊息、發郵件安排工作給你、下達指令，這基本上屬於單向溝通。單向溝通有以下幾個特點。

- 傳播速度快。回饋資訊與發出資訊一樣，需要花費時間。
- 傳播過程簡單。無須回饋資訊，便減少了一些傳播程序。
- 傳播準確性差。沒有回饋資訊，因此資訊發送者不知道資訊是否被順利接收。
- 資訊接收者缺乏足夠的積極性。

雙向溝通與單向溝通正好相反，**在整個過程中雙方既是資訊發送者，又是資訊接收者。**例如你跟朋友坐在一起聊天，肯定是你說我聽或我說你聽，這就是典型的雙向溝通。

雙向溝通有以下幾個特點。

- 傳播速度慢。一方發出資訊後，都需要等待對方的回饋。
- 傳播過程複雜。資訊傳遞過程中會有大量的互動。
- 傳播準確性較強。因為有即時的回饋，所以可以不斷修正傳播過程中不準確的內容。
- 雙方均有足夠的積極性。

寫作是典型的單向溝通。你寫，對方讀，或者對方寫，你讀，這就是寫作最大的缺陷。首先，你無法像老闆給員工下達指令一樣進行單向溝通，因為沒有讀者喜歡被安排、被指示、被命令、被通知。其次，你的讀者並不是非得看你的文章。職場上很多單向溝通是可行的，畢竟大家要彼此協調，完成同一個目標，但在寫作時，你的讀者並不須要配合你。最後，傳播的準確性不夠，而且你很難有機會去修正。因為讀者一旦覺得不爽，就不會繼續讀你的文章。

寫作者應該如何應對上述缺陷？只有用雙向溝通的心態寫作。

如何用雙向溝通的心態寫作

單向溝通的形式保留了傳播速度快和傳播過程簡單這兩大優點，雙向溝通的心態可以彌補傳播準確性差和讀者缺乏積極性這兩點不足。如何用雙向溝通的心態寫作？

①採用平等的姿態、分享的口吻

寫文章時，不論寫的是故事型的、觀點型的，還是實用型的，都要以分享的口吻來寫，不要以說教的姿態。寫文章的目的可以是說服，可以是教育，但一定要記住，那只是最後的結果，不應該是寫作時的姿態。我們平時聊天就是典型的雙向溝通，跟別人聊天時，別人老是說「你懂了嗎」「你明白我的意思嗎」，是不是聽久了心中會有些不爽快？如果改用分享口吻的話，就會是「我表達得清楚嗎」「請問我剛才講明白了嗎」。寫作的時候，一定要記住：作者沒有智商優越感時，才能給讀者創造閱讀愉悅感。

②尋找目標對象感、創造聊天的感覺

這裡我要舉個反面案例。我的助理寫過一篇有點失敗的文章，題目是《放不下手機？你可能是「螢幕上癮症」》，這篇文章的一大敗筆就是中間有一大部分內容看起來像產品說明書，沒有對象感，沒有聊天感，只是單純傳遞資訊，文章讀起來枯燥無味。這篇文章中類似下面這樣的段落有很多。

在正常狀態下，人類的眼睛每分鐘要眨十五至二十下，也就是說每隔三秒鐘左右，原則上應該有一次不自主的眨眼，這個過程稱為「瞬目過程」。每一次完全瞬目過程，上下眼瞼完全覆蓋眼球表面，讓淚液均勻分布在角膜和結膜上，保持它們的濕潤，並讓眼球得到至少〇・二秒的休息。但是電子螢幕本身發光，並有刷新的頻率，不斷閃爍，這種設計本身對眼睛是一種刺激，導致無法完全眨眼，每分鐘眨眼次數減少一半，甚至減少至三分之一。所以我們會覺得眼乾。

跟朋友聊天時這樣講話，別人肯定不愛聽；同樣地這樣寫作，別人也不愛看。寫作的時候要時刻想像螢幕對面有人，而自己是在跟他講話。按照這個標準，可以把前面那段改成這樣。

知道為什麼我們老是覺得眼睛特別乾嗎？因為眨眼的次數變少了。其實正常情況下，眼睛平均每隔三秒就會不自主地眨一次，在這樣的頻率下眼睛才能保持濕潤。

而發光的電子螢幕一直刺激眼睛，直接降低我們眨眼的頻率。想想，一天盯著手機、電腦多長時間，現在很多人每分鐘眨眼次數都減少到一半甚至三分之一了，眼睛不乾才怪呢！

③寫作過程中留意喚起讀者參與感

我們在前面提到，單向溝通存在一個很大的缺點：資訊接收者缺乏足夠的積極性，因為沒有參與感。寫作時要想製造雙向溝通的氛圍，就要在寫過程中不斷喚起讀者的積極性，讓讀者跟你一起思考。讓讀者跟你一起思考很簡單，只需時不時地提問一下就可以。比如，為什麼現在很多人都覺得眼睛乾？為什麼我們需要不斷地多眨眼睛？為什麼我們眨眼的次數變少了？提問這種方式本身，就是在把資訊傳遞式的寫作變成探討互動式的寫作。

④ 注重接收的準確性而非表達的準確性

你表達得很準確，對方不一定能接收得很準確，這也是單向溝通的缺點。

因此我們寫作的時候，要不斷問自己以下這些問題。

- 對於這樣的表達方式，讀者容易理解嗎？
- 是不是應該再多寫點背景資訊？
- 是否還有一些不夠大眾的業界用語？
- 這些說法是不是太學術了？
- 這個概念講得夠通俗嗎？

我們之前說過，寫作是為了達成某個目的，寫出瘋傳文章是效果，不是目的，寫作的首要前提是讀者準確接收到你想讓他接收的資訊。

溝通的最佳效果是什麼

這一節，我們是以溝通角度講寫作時的讀者思維，那麼溝通的效果有幾層？最高一層是什麼？

第一層，**表達準確**。這是第一前提，是最基本的要求。如果自己都沒有表達清楚，後面的所有目的都無從談起。做到這一點就是一次及格的溝通。

第二層，**接收準確**。在表達準確的前提下，接收者能準確地接收資訊，就已經是一個七十分的溝通了。

第三層，**目的達成**。溝通是手段，不是結果，溝通是為了達成某一目的，像是申請專案經費，向老闆申請休假，請同事幫忙……只有達成目的，才能算是一個八十分的溝通。表達和接收都準確，但目的沒有達成，也不算是優質的溝通。

第四層，**雙方愉悅**。完成比完美更重要，是這樣嗎？其實不是。這句話是在強調先後順序：在完成的基礎上追求完美。溝通也是這樣，我們首先要保證目的的達成，在此基礎上，我們才能追求雙方愉悅這一目的。例如老闆同意你休假，但老闆同意時不太情願，這就不能算是九十分以上的溝通，真正高級的溝通是老闆不僅同意，在心裡還沒有給你扣分。

寫作從形式上看是單向溝通，但我們要用雙向溝通的心態寫作，以平等的姿態、分享的口吻、聊天的感覺，喚起讀者的參與感。在表達和接收準確的情況下，先確保目的的達成，再追求令人愉悅的目標。

3 從作者邏輯到讀者邏輯式寫作

讀者思維，簡單理解就是站在讀者角度思考問題。如何站在讀者的角度寫作，我們用三點來拆解。

從表達邏輯到傾聽邏輯

表達是人的天性，是人與這個世界溝通的手段，是建立自己存在感的重要手段。比如你發布一則動態，往往希望別人看到，希望別人給你按讚。

人人都需要表達的背後是人人都需要聽眾。有一次，我跟一個私人俱樂部的負責人喝咖啡，那是我們第一次見面，臨走時他說：「跟你聊天很舒服，你跟很多自媒體人不一樣，比較願意聽，聽的時候比較會問，很多人聊天時就喜歡自己滔滔不絕地說。」

人有兩隻耳朵，卻只有一張嘴巴，這意味人應該多聽少講。一個不懂得傾聽的人，不是一個好的聊天對象。

而寫作的天然缺陷就是，作者一直在說。從表達形式的面向上，我們在寫作時沒辦法傾聽；但是從內容產品設計上，我們可以用傾聽邏輯來設計寫作框架。

兩個人聊天，傾聽的目的是什麼？是為了在表達時滿足對方——你越了解對方的需求，就越能讓對方滿足。寫作也是同樣道理，不能一味表達自己想表達的，要思考讀者想要自己表達什麼。讀者並不在意你想表達什麼，他在意的是你如何幫他表達。

讀者為什麼需要你幫他表達？作家巴金曾說：「我正是因為不善於講話，有感情表達不出來，才求助於紙筆，用小說的情景發洩自己的愛和恨，從讀者變成作家。」

但並不是人人都能成為巴金。人人都需要表達，但並不是人人都擅長表達。因此，傾聽邏輯其實就是傾聽讀者的心聲，然後透過寫作，幫助讀者表達。

我助理寫的那篇文章《放不下手機？你可能是「螢幕上癮症」》為什麼不受歡迎？她的眼睛出了問題，去看眼科醫生。醫生向她介紹很多保護眼睛健康的方法，她很有感，於是寫了這樣一篇文章，鼓勵大家少用手機。這其實就是典型的「自我視角陷阱」，自己的眼睛出了問題，把這件事看得很嚴重，以為所有人都跟自己一樣。但跳出自我視角想一想，大家平時會有放下手機的訴求嗎？沒有。很多人看了會想：「現在工作、生活、娛樂都離不開手機，我為什麼要放下手機？」

有個心理學概念叫「孕婦效應」，是指一個偶然的現象，卻因為自己的特別關注讓你覺得是普遍現象。比如懷孕後就更容易在街上發現孕婦，開了A品牌車就更容易看到A品牌車，拎B牌的包就會覺得滿街都是B牌的包。

自我表達欲很強的人很難幫讀者進行自我表達。傾聽是表達的前提，作者要懂得從讀者中來，到讀者中去。

從得到邏輯到給予邏輯

在面對學員上課的課堂上，很多學員都會問我：怎麼才能快速寫出破十萬人次點擊量的文章？怎麼才能快速累積追蹤者？但很少有學員問我：我該怎麼為讀者提供更好的服務？其實，回答了後面這個問題，前面兩個問題就迎刃而解了。多數人更關心自己能得到什麼，而較少關注能給予對方什麼。

我們一直強調要有目的地寫作，每篇文章都有其使命。寫一篇產品廣告文案，目的是賣出產品；寫一篇公司宣傳文章，目的是包裝公司形象；寫一篇公司老闆的新聞稿，目的是幫老闆做公關；寫一篇關於個人經歷的文章，目的是打造個人品牌……

但是有沒有想過：讀者憑什麼要看你寫的這些文章？讀者憑什麼要幫你達成目的？所以我們應該先問自己：「我們能給讀者什麼」「讀者想要得到什麼」，然後再考慮自己能否在滿足讀者需求的過程中得到自己想要的東西。

我之前寫過一篇文章，題目是《畢業四年月入二十萬：職場上混得好的人，都遵循這八條高成長定律》，這其實是一篇廣告文章，但竟然成為知識星球創立一年多以來第一篇破十萬人次點擊量的文章。一篇廣告被六千名讀者轉發分享，最後銷售額超過十二萬元。

讀者滿意，廣告主滿意，號主也滿意，為什麼一篇廣告文章能創造多贏局面？因為我寫文章時的出發點不是賣產品，而是回答幾個問題：考慮讀者看到題目點進來後，我能給他什麼？他能得到什麼？然後再去想：在這個基礎上，我如何自然而然地把產品推出來。

我為什麼敢這麼做？因為我相信價值守恆定律。不管是寫文章，還是做課程，我都相信只要我安安心心地給讀者提供足夠高的價值，最終一定能得到我想要的結果。

學會從給予中得到，寫作亦是如此。

從自我邏輯到服務邏輯

寫作者常有一個思考誤區：我只管把文章寫好，看不看是讀者的事，不看是他的損失。讀者思維的背後是產品思維，產品思維裡非常重要的一項是服務思維。比如開一家火鍋店，你的食材再新鮮，味道再美味，但服務很糟糕，生意也不可能好。

同樣地，寫一篇文章並不是選題好、內容好，讀者就會喜歡，還要做好服務。為什麼服務如此重要？什麼時候服務很重要？簡單理解，是一樣東西在市場上供大於求的時候。供大於求時，同質化嚴重，誰的服務好，誰就會勝出，海底撈正是這樣做大的。

內容在這個時代不再是稀缺品，內容不僅供大於求，而且同質化嚴重。因此，寫作者面臨更多挑戰：既要把內容品質做好，這是產品的根基；又要把服務做好，這是產品的包裝。寫作者的服務邏輯應該從哪些方面入手？

- **更直接易懂又有吸引力的標題。**
- **視覺鮮明的封面圖和文章配圖。**
- **提高讀者閱讀效率的排版設計。**
- **更即時地在評論區和讀者互動。**

總之，在內容爆炸時代，每一個讀者都有了更多選擇，讀者並不是非你不可。寫作者給自己的定位首先應該是「內容服務者」，要在創造優質內容的同時打造更好的閱讀體驗，不僅要讓文章值得讀，還要讓讀者讀得爽。寫作是為了創造價值，是透過文字內容把價值交付給讀者，同時得到你想要的回報。但要始終記住一件事：讀者不是必須讀你的內容，不要自娛自樂，要在寫作過程中堅持讀者思維，以單向溝通的形式創造雙向溝通的氛圍。要注重以下轉變：從表達邏輯到傾聽邏輯；從得到邏輯到給予邏輯；從自我邏輯到服務邏輯；從確保目的的達成到追求令人愉悅的目的。

3 Chapter

選題能力

先勝，而後求戰

1 總是不知道該寫什麼，怎麼辦？

學習寫作的朋友，經常會問一個問題：我也想寫，但總是不知道該寫什麼，怎麼辦？

有一天，我去參加朋友楊小米的新書交流會，現場也有讀者問了同樣問題，楊小米的回答很經典：「一開始不知道寫什麼，就硬寫。」

其實我們都是從**硬寫**走過來的。所以先跟大家說明一點：總是不知道該寫什麼，一般多是寫作初期的問題，後期只會有太多想寫的內容卻沒法寫完。現在，我想寫還空寫的話題已經在資料夾裡累積近兩百個。在這一節中，我要由內到外地為各位分析一下「不知道寫什麼」背後的真正原因，以及該如何應對。

對這個世界要有點意見

著名作家張大春說，他每次寫文章前要做的準備不僅僅為寫一篇文章而做。他認為寫文章之前或者開始表達之前，要問自己：我對這個世界還有沒有話要講？一個寫文章的人應該是個很有態度的人，他隨時有話要講，對這個世界有點意見，總是想藉由表達參與這個世界，改善這個世界。這就是我們前面一直強調的，寫作不是自嗨，而是為了創造價值。

你覺得這個世界還不夠好，你對這個世界要有點意見。怎麼理解這句話和寫作的關係呢？比如，我覺得整個社會對買房這件事看得太重了，我就非常想寫文章表達我的看法；比如，我覺得很多年輕人在職場上做選擇時太隨意，我就很想寫一篇文章講一些做選擇時該秉持的基本原則；比如，我覺得很多年輕人都太安逸了，我就忍不住寫一些強者的成長經歷刺激一下大家，推動大家一起向上提升；比如，我覺得現在大家的生活都太緊張、太無趣了，我就會寫一些有趣的文章，讓這個世界更有趣。

不要成為一個對什麼都無所謂的人，否則會覺得什麼都不值得寫。我進入新媒體業後寫的第一篇破十萬閱讀人次的文章是《又一個天才九〇後創業者摔下神壇，抄襲國外作品被原創者找上門》，當這篇文章成為熱門文章後，我同事說他也看到這則新聞，但他覺得沒什麼值得寫的，所以就沒寫。我跟一些朋友聊這件事的時候，很多人也說：這有什麼，有人抄襲不是挺正常、挺普遍的嗎？我說我覺得不正常，我覺得不對，抄襲的人多不代表這件事合理，所以看到這則新聞後，心裡就有一肚子話要對這個世界講。一開始寫作的時候，要不停問自己：對這個世界還有什麼意見？

你還有什麼話要對這個世界講？所以寫作要從做一個有態度的人開始，要從相信個人力量開始。

萬事萬物皆可寫

總是不知道該寫什麼，很可能是對寫作範圍的理解太狹隘，寫作是對輸入進行思考後的輸出，所以萬事萬物皆可成為寫作對象。

一天除了睡覺的八小時，我們有十六小時都是醒著的，這十六小時裡，我們在工作、在見人、在聊天、在看、在讀、在聽、在經歷。一天下來，如果認真回顧，會驚訝地發現其實有很多東西都可以寫，也都值得寫。有一首歌的歌名叫〈平淡日子裡的刺〉，我很喜歡這個歌名，有它原本的含義，但我有自己的理解。生活大多數時候是平淡的，但總不是靜如水，我們要學會去發現「平淡日子裡的刺」，那個「刺」就是我們要去寫的東西。

今天工作中出現了問題被主管批評，晚上就可以寫兩百字回顧一下；今天聽課時聽到一個讓你欣喜的觀點，可以寫兩百字記錄下你的理解；今天見了個人，你在對方身上發現一些可以學習的優點，可以寫兩百字分享給大家；今天突然心情低落，可以寫兩百字跟自己說說話，梳理一下內心想法；今天去餐廳吃飯，這家餐廳的服務品質如何，可以提出自己的看法；今天約了朋友見面，你遲到了或對方遲到了，可以寫寫守時這個話題；比如今天去看了一場電影，這部電影的故事怎麼樣，給你帶來怎樣的衝擊，不也值得寫一下嗎？

因此在一個寫作者的眼裡，萬事萬物皆可成為思考、寫作的對象，我們要學會發現平淡日子裡的刺，刺就是那些攪動情緒的東西，那些讓你觸動的，感動的，驚訝的，欣喜的，憤怒的，反思的，困惑的，都是刺，都是寫作的源泉。

所以從今天起，不要再說不知道該寫什麼了，你只是需要一雙能發現「刺」的眼睛，假如感受到生活裡的「刺」，就要寫出來。

充分瞭解自己寫作的領域

前段時間，有個讀者來北京出差，約我喝咖啡，想向我請教一些關於如何經營新媒體的問題。我們在咖啡館閒聊了十分鐘後，我說我有一個小時的時間，與新媒體相關的任何問題都可以問，我會把我懂的都盡量講清楚。結果他問了幾個像「如何寫文章破十萬閱讀量」「如何快速讓粉絲數成長」這樣又大又空的問題之後，竟然不知道要問什麼了。我說「你隨便問」，他說隨便問也不知道要問什麼了。

其實這很正常，如果讓我去問一些與比特幣、區塊鏈、股票等相關的問題，我也是這樣，不僅問不出好問題，就連該問什麼都無從得知。為什麼呢？因為我對這些領域不熟悉。

寫作也是這樣。我熟悉新媒體經營、知識付費、個人成長、職業發展、網路科技精英這些領域，所以關於這些領域，我有源源不斷的主題可以寫，也很容易找到優質的話題。

對一個領域知道得越深入，困惑也就越多，就能提出很多好問題，也會想透過寫作去探討這些問題。所以，要充分瞭解自己寫作的領域。我剛開始進入的是創業投資領域，因此我寫的文章都是關於這個領域的。我是怎麼開始的呢？第一步就是廣泛、大量、有深度地閱讀這個領域的好文章，半年之後，我對這個領域以及這個領域的目標讀者都有足夠的理解，所以我能找到很受歡迎的主題。

當然，寫作新手首先要解決的一個問題是找到自己的寫作定位，也就是決定在哪個領域進行寫作。如何找到自己的寫作定位？其實主要看你的興趣，一定不要太在意市場，更不要跟風。如果你寫的不是你熱愛的，注定不會長久。

阿里巴巴集團成立的湖畔大學產品模組學術主任梁寧說過，人們都無法拒絕自己真實的快樂。你會情不自禁地在自己喜歡的事情上花時間，不知不覺地在其中投入一萬個小時。你不厭其煩去做的事，就是天分所在，能給你帶來持續的滿足感，可以一直為其投入時間，時間久了，就會做得比別人好。

一開始可以多嘗試，但在多方嘗試之後一定要固定下來，在一個領域持續地寫。千萬不要什麼都寫，今天寫影評，明天寫樂評，後天寫職場文章，大後天寫情感故事……什麼都寫，一定什麼都寫不好。所以請發自內心地問，自己的熱情在哪裡，那就是你的寫作定位。找到寫作定位後，持續、深入、大量、多面向地瞭解這個領域，就會有源源不斷的選題。

要掌握幾條寫作公式

談及寫作，很多人經常會提到一個詞——靈感。

靈感重要嗎？重要，因為那些靈光乍現總會是一種驚喜，對作者、對讀者都是如此。

靈感重要嗎？不重要，因為靈感是可遇而不可求的，是瞬間迸發的偶然事件，既不穩定，又不持續。

我們要刻意追求靈感嗎？不必。為什麼？因為我們不需要都成為作家，去創作文學作品，我們的目的是學會更順暢地藉由文字表達內心想法。

如果想持續表達、讓表達成為一種習慣，最好掌握幾條寫作公式，以應對不知道寫什麼、不知道怎麼往下寫、不知道如何下手的問題。

什麼是寫作公式？有一本書叫《七年就是一輩子》，該書作者李笑來說，這本書就是格式化寫作的產物，他說書裡所有文章都採用一模一樣的模式。

- 我要說的是什麼概念？
- 這個概念為什麼重要？
- 這個概念通常被如何誤解？
- 這個概念實際上是怎麼回事？
- 這個概念有什麼意義？
- 如何正確使用這個概念？

- 錯誤使用這個概念有什麼可怕之處？
- 這個概念與哪些其他重要概念有重要的聯繫？

張大春老師說，如果這個世界少一些寫作模式，那麼就會少一些無聊的作品，因為作品的競爭力是創意。

張大春老師說的是文學創作，跟我們聊的是不同的話題。有人說，格式化寫作會讓內容千篇一律。是這樣嗎？不是。李笑來的寫作公式並不妨礙有創意地講一件事，只是提供一套寫作的行文方向。事實上，所有實用文章都可以按照這個結構來寫，但不同人持不同的概念、不同的觀點寫出來的是完全不同的文章。因為所謂寫作公式，只是提供一個行文方向，並不限制寫作者的獨特思考和個性發揮。

總—分—總，這是我們訓練過的最簡單公式。

是什麼—為什麼—怎麼做，這也是我們非常熟悉的公式。

論點—分論點—正例—反例—總結，這是我們經常使用的公式組合。再高級一點的寫作公式如以下六條。

（1）場景化寫作，引出一個痛點話題。

（2）針對痛點話題，提出一個新鮮觀點。

（3）正面論證這個觀點。小標題＋案例。
（4）反面論證這個觀點。小標題＋案例。
（5）總結這個觀點的意義、價值。
（6）給出具體的執行建議，呼籲大家去做。

這是我常用的寫作格式。你會發現，並沒有因為我用公式輔助寫作，寫出來的文章就沒有價值。

學習寫作的朋友，更應該掌握幾條寫作公式。格式化寫作的好處就是，只要確定了文章主題，那麼寫文章就是自然而然的事。**掌握幾條寫作公式，定下主題，按一個不錯的格式順著往下寫，一定會比毫無章法地寫要寫得快，邏輯也更通暢**。

2 優質選題的三大基本邏輯

當每天都有很多選題可供選擇時，要解決的問題就會變成：寫哪個更好？

寫文章是複製時間性價比最高的手段，我們希望經由寫作，成批、規模化地交付我們的價值，售賣我們的時間，因此，我們必須關心如何才能寫出讓更多人看的文章。

《孫子兵法》裡有句經典語錄：「勝者先勝而後求戰，敗者先戰而後求勝。」這句話是什麼意思呢？能取得勝利的人，往往都是準備充分的人，他們只有在對情況完全瞭解、認為自己能勝時才去作戰。而失敗者往往是戰前沒有什麼準備的人。戰爭已經開始了，他們才謀畫怎樣取勝。寫文章也像打仗，閱讀量高不高，可能在寫之前就基本確定了。高手寫文章，先是找一個讀者可能感興趣的選題，然後想辦法獲得高閱讀量；菜鳥寫文章，先是隨便找個選題，然後想辦法獲得高閱讀量。

寫作時順序不同，文章發出來後，命運就不同。

怎麼寫是戰術，寫什麼是戰略，不要用戰術上的勤奮掩蓋戰略上的懶惰。寫好，是正確地做事；寫什麼好，是做正確的事。一定要先選擇正確的事，再用正確的方法去做那件正確的事。這就是寫作中的「勝者先勝而後求戰」。很多人寫的文章閱讀量總是不高，就是因為他們一有某個想法就馬上下筆寫。今天幹了什麼，就去寫；今天學了什麼，就去寫。但讀者憑什麼關心你一天到晚做的那些瑣事？

我不是說那些不能寫，但一定要同時滿足「絕大多數人關心、對絕大多數人有價值」這一條件。如果只滿足前者，就是在進行自娛式的寫作。

為什麼我寫一些日常經歷還能被很多人喜歡？就是因為同時滿足「絕大多數人關心、對絕大多數人有價值」這一條件，我不管寫什麼，心裡都時刻掛念著讀者，所以即便寫一些日常瑣事，我也盡可能從中提煉會對大家有所啟發的內容。

到底如何選題才能讓更多人願意看？我總結出以下三條優質選題的基本邏輯。

覆蓋人群：多少人可能會閱讀

覆蓋人群，就是指你寫的話題，潛在閱讀人數有多少。優質選題也包括那些能成為瘋傳文章的選題，而覆蓋人群是做瘋傳文章選題最重要的一個基本邏輯。有的主題能覆蓋一千萬人，加上你寫得好、傳播得好，可能很容易獲得幾萬甚至數十萬的閱讀量；但有的主題可能只能覆蓋十萬人，你寫得再好也不可能有二十萬人看。

比如同樣是寫給新媒體從業者看的文章，一篇文章的題目是《微信公眾號編輯排版規範》，有超過十萬人閱讀；另一篇文章的題目是《為什麼你寫的專業內容沒人看》，只有二萬人閱讀。

為什麼同樣的團隊、同樣都是有關公眾號的主題、同樣都是高品質的文章，閱讀量會有如此大的差別？問題就出在選題上。第一篇講的是編輯排版規範，這個主題的閱讀群體幾乎涵蓋所有公眾號編輯、幕後人員，這個群體有數千萬人；第二篇講的是「為何專業內容閱讀量低」，這個主題的閱讀群體就少很多，只有做專業內容且閱讀量較低的公眾號編輯才會去看，所以它的閱讀量注定無法跟第一篇相比。

現在，我請各位做一次測試。我找了五篇文章，是同一內容平台上寫給職場工作者看的，請看這五篇文章的題目，根據你的理解，將閱讀量從高到低進行排序。

《一個人是否成材，就看他下班後五個小時》

《管理的本質，是激發潛能和善意》

《日常安排工作，總有人不配合怎麼辦》

《那些財務自由的年輕人，都做對了什麼》

《柳傳志：我的反思方法論》

請讀者朋友花兩分鐘思考一下，然後根據下面的排名，看看自己的判斷是否準確。

《一個人是否成材，就看他下班後五個小時》
《那些財務自由的年輕人，都做對了什麼》
《日常安排工作，總有人不配合怎麼辦》
《柳傳志：我的反思方法論》
《管理的本質，是激發潛能和善意》

大家猜的順序可能不完全準確，但基本也差不了多少。我們在不知道具體內容的情況下還能大致猜對閱讀量順序，這說明什麼？說明選題合適是成功的一半。選題是怎麼成功的？要看覆蓋人數的多少。我相信各位看上面那些題目的時候就能感受到，想看《一個人是否成材，就看他下班後五個小時》和《那些財務自由的年輕人，都做對了什麼》的人，肯定多於想看《管理的本質，是激發潛能和善意》的人，儘管最後一篇文章是根據真正的管理學大師杜拉克所提出的觀點歸納的。

所以瘋傳文章選題的第一大基本邏輯，就是**選擇潛在閱讀人數足夠多的話題**。選題太小眾，我們可能就要放棄，小眾選題永遠出不了瘋傳文章，這點沒有例外，更沒有意外。即使沒有寫出破十萬閱讀人次文章的野心，平時寫文章時也應該有這樣的意識，在有多個主題可以寫時，優先選擇覆蓋面更大的主題。

痛點程度：閱讀時有多大共鳴

什麼是痛點？關於痛點的定義非常多，我最認同湖畔大學產品模組學術主任梁寧的解釋，她說：「痛點是恐懼。」做產品的人如果不理解這句話，便做不出使用者真正需要的產品；做行銷的人如果不理解這句話，便做不出市場上受關注的廣告。痛點即恐懼，對此我們該怎麼理解？

害怕洗頭洗不乾淨會有頭皮屑，所以有了「去屑實力派，當然海飛絲」；害怕吃辣太多容易上火，所以有了「怕上火，喝王老吉」；害怕吃完飯回辦公室時一嘴的大蒜味，所以有了「吃完喝完，嚼益達」。這些害怕，就是恐懼，就是痛點。

同理，寫作的人如果不懂這一點，便寫不出讀者爭相閱讀的文章。

《怕上火，難道你就不怕腎衰竭？》是王老吉廣告最紅的時期，社群帳號「大象公會」的一篇熱門文章，這篇文章就抓住人們一個大痛點：對腎衰竭的恐懼。

《第一批奔三（奔向三十歲）的九〇後：比失業更可怕的，是三十歲還不知道自己能做什麼》，這篇破十萬閱讀人次的熱門文章抓住的痛點是：很多九〇後在奔三的年紀還一事無成。

《阿里彭蕾卸任：從月薪五百元，到身價四百億，留下二條職場潛規則》，這篇破一百萬閱讀人次文章抓住的痛點是：人們骨子裡對貧窮的恐懼和不安，和對收入增長的渴望。

所以，優質選題的第二大基本邏輯就是：**話題要直擊使用者的大痛點**。

痛點有很多，但有的痛點小，有的痛點大，有的痛點只有小部分人有，有的痛點幾乎所有人都有，痛點大小決定讀者的共鳴有多深。比如對於一個職場年輕人來說，與辦公環境相比，升職、加薪是一個更大的痛點。在面對這樣的族群時，討論升職、加薪一般會比討論辦公環境能獲得更高的閱讀量，更容易寫出好文章。

社交原動力：多少人會主動傳播

我們先思考一個問題：新媒體相對傳統媒體，最大優勢是什麼？

對於這個問題，很多人都回答過，答案基本都是「資訊多」「更方便」「成本低」「速度快」「效率高」等，我認為都不對，以上都是新媒體的優勢，但不是最大優勢。

相對傳統媒體而言，新媒體的最大優勢是社交屬性。

在新媒體時代，人成了內容最大的分發管道，因為所有內容都是在社交媒體上基於用戶的社交關係鏈來傳播的，每個人都成了一個小的媒體中心，每個人都可以向外輻射幾百人、幾千人。在那幾百人、幾千人中，每個人都可以繼續向外輻射幾百人、幾千人，這就是基於社交關係鏈的爆炸式傳播。正因如此，一篇文章在一天之內，被幾百萬甚至上千萬人看到才成為可能，也正因為如此，才有了新媒體資訊傳播成本低、速度快、效率高等其他優勢。

這個時代，無社交，不媒體。沒有社交屬性的內容，在傳播時將寸步難行。一篇文章，如果讀者看了不願意主動傳播，當然沒有機會成為爆紅文章。

因此，優質選題的第三大基本邏輯是：**話題本身要有極強的社交原動力**。什麼叫社交原動力？就是這個話題，本身蘊藏著天然的分享欲望。

有些人平時寫完文章，有時候會發到社群動態，然後附註喜歡的話請幫忙轉發。以後不要做這種無效勞動了，沒有用的。文章本身激發不了讀者的分享欲，再苦口婆心地讓大家分享，大家也不願意分享；文章本身充滿了分享欲，即使不特別註明，大家也會爭相轉發。

比如無意中發現公司兩個同事在約會，這時有人突然出現說：「放過他們吧，不要告訴別人，我可以給你一百塊錢。」我想，你內心是拒絕的，你怎麼會為了一百塊，把這麼有分享欲的八卦埋在心底呢？你一定會忍不住馬上分享給死黨同事。

內容的社交原動力是指，你的內容可以充當社交的輔助工具。

分享文章到社群網站動態，大家按讚、評論、轉發文章給好友以及跟朋友吃飯聊天時討論某篇文章的故事或觀點等，本質上都是把內容當成社交輔助工具。

我舉幾個例子：

《成都人有什麼好得意的》

《東北人也太有趣了吧》
《廣東人真是太太太太太好玩了》
《上海人也太太太太太喜歡搓麻將了吧》
《山東人為什麼愛用倒裝句？沒有吧我覺得》

這類文章能廣為分享一點都不意外。每個地方的人都願意分享這樣的文章，有趣，有話題，有歸屬感。

《在這個從小躺贏到大的女人面前，楊超越真的不算錦鯉》[1]這篇文章作者的神奇經歷，會讓人看了忍不住想要分享，再加上錦鯉本身就是一個流行的社交話題，這篇文章會紅是偶然中的必然。

《啊啊啊啊啊做生管的也太慘了吧》，這樣的文章會成為從業者群體在朋友中自嘲、吐槽的社交工具。

關於如何利用社交原動力做傳播，我總結出讀者轉發分享一篇文章的五個動機。

1 楊超越是中國一名年輕女歌手，因在選秀節目上實力不足卻晉級引發熱議，隨後在網友的調侃和誇張下，被賦予了錦鯉的標籤。

(1)**表達觀點**，例如《所有不談錢的老闆都是耍流氓》。

(2)**利他心理**，例如《不想得空調病，就一定要做好這五件事》。

(3)**站隊心理**，例如《買八百萬學區房是庸俗，帶小孩環遊世界就不庸俗了》。

(4)**尋找話題**，例如《北京，有兩千萬人假裝在生活》。

(5)**塑造形象**，例如《原創已死》。

一個選題只要能極大地滿足讀者的一個動機，就有成為爆紅文章的潛質；如果能同時滿足幾個動機，就是一個社交原動力極強的選題。如果在這個選題的內容方面做得好一點，成為爆紅文章的可能性就極大。

寫作也講究先勝而後求戰，要先找一個讀者可能感興趣的選題，然後想辦法獲得高閱讀量。如何判斷一個選題是否受歡迎？需要回答三個問題：多少人會閱讀？閱讀時有多大共鳴？多少人會主動傳播？也就是一個話題的覆蓋人群、痛點程度、社交原動力。

3 策畫優質選題五大技巧

如果你不是天才，寫作就要依賴系統穩定的方法論，不能太隨意，要創造價值。優質選題需要策畫。

什麼是優質選題？必然是有質又有量的選題，即品質要好，流量要大。如何策畫優質選題？這還要從如何保證文章的質和量這兩個角度出發。根據前面對好文章和優質選題的定義，我總結出以下五個策畫優質選題技巧。

選題要戳中普遍痛點

痛點是什麼？前面我們提到，痛點是恐懼。很多爆紅文章都是在寫人們的恐懼。

《五星級酒店，你們為什麼不換床單》這篇文章針對的就是人們對酒店清潔的恐懼，文章評論區有條評論說「太恐怖了，連五星級酒店都這樣，那一般的酒店是不是一個月都不換」，這條評論被按讚兩千多次。這個話題就是一個大眾普遍面臨的痛點，人人都免不了外出住酒店，而健康問題是人人都關心的，所以這樣的選題自然更吸引人們的注意。

《人到中年，職場半坡》這篇文章針對的是人們對中年危機的恐懼。三十多歲的人面對職業瓶頸、家庭重擔、身體透支、婚姻危機等問題，二十多歲的人看到這樣的文章也會忍不住點進去，這就是人們的普遍痛點。

為什麼大家對寫痛點，即寫恐懼的內容更敏感？因為人就是這麼進化來的。人要對威脅自己生存的東西敏感，才能更好地存活，這也可以解釋為什麼負面資訊總是傳播擴散得更快，因為這是生存的需要。

社群帳號「丁香醫生」的一些選題，總是讓人忍不住點開，比如下面這些文章。

《肝癌最愛的五類人，快看看有沒有你》

《招來糖尿病的一個壞習慣，很多人天天在重複》

《重金屬超標！這種常見藥別再吃了》

《這種衣服孩子不能再穿了，快看看你家有沒有》

這些選題都喚起了人們的恐懼，也都是人們的普遍痛點。當你想策畫一個優質選題的時候，要思考能戳中多少人？多少人看到時會恐懼、會痛？

有一次，成長社團裡一個網友問：「老師，我想問您，我從大前天開始寫文章，到目前為止發了三篇文章，閱讀量都在一百多，請問怎麼提高閱讀量？」我的第一反應就是在選題上可優化的空間還很大，比如他第一篇文章寫的是《大學剛畢業，有點迷茫怎麼了》，假如把這篇文章發在社群動態和我的社群裡，會不會有很多人看？不會的。為什麼？因為在這些管道的讀者裡，剛畢業的人不多，這篇文章可能只有大學剛畢業的朋友會點開看。

選題要引發群體共鳴

什麼是共鳴？

心理學的解釋是：由別人的某種情緒引起相同的情緒。

物理學的解釋是：物體因共振而發聲，如兩個頻率相同的音叉靠近，其中一個振動發聲時，另一個也會發聲。

放在文章寫作上，我們應該追求這兩種解釋的合體，因為只是引發相同情緒還不夠，我們還希望讀者發聲，也就是在他們看完文章後，因為產生了相同的情緒，而願意在社交媒體轉發、在網路社團裡發聲，或者跟同學、朋友、同事討論。為什麼？因為我們是在社交媒體環境中進行寫作。所以，我們要追求的共鳴可以這樣定義：作者釋放的某種情緒讓很多人產生了相同的情緒，同時這些人因情緒共振而發聲參與。

我們追求的是群體共鳴，而不是極少數人的共鳴，為什麼？因為社交媒體是一群人的狂歡。

比如《海底撈上市：身價六百億張勇用人潛規則：談錢，才是對員工最好的尊重》，這個選題的核心就是「談錢，才是對員工最好的尊重」。

這樣的文章幾乎能引發打工一族真正的內心共鳴，而且真的會讓參與其中的讀者不吐不快。這篇文章的評論區有近千條留言，很多人轉發，觀閱讀量超過六十萬。

策畫優質選題的時候，一定要找到一個群體性的共鳴。這類選題可以是針對特定人群的共同記憶，例如以下這些：

《工程師怒打產品經理，這個需求做不了》

《啊啊啊啊做生管的也太慘了吧》

《年輕人，沒事別想不開去創業》

這類選題也可以針對非特定人群的某一特定情緒，例如：

《最近看不到你的動態了》

《我不是藥神：買不起房，痛；上不了學，痛；但更痛的是生不起病》

選題要製造身分認同

什麼是身分認同？每個人身上都有很多標籤，一個標籤其實是在定義一個群體，我屬於某個群體，這就是身分認同。

為什麼要製造身分認同？因為在網路上，在資訊的洪流中，每個人都是孤獨的，我們的安全感來自找到同類：有人跟我一樣，有人跟我一起，我不是孤身一人。每一次具有身分認同的文章出現時，都會成為這個群體中人與人之間的連接器，而一次轉發行為，就是在對外釋放自己的身分信號，確認自我，連接他人。所以人們很喜歡分享下面這些文章：

《山東男孩過節回鄉指南》
《為啥買東西，新疆永遠不包郵》
《江西存在感真真真真真真真真真真真的低嗎》
《美術老師，你為什麼不給我加課》
《沒擠過四號線的人不足以論人生》
《貓這種東西，一旦吸上，就戒不了了》
《處女座為什麼這麼厲害》
《對不起，我好像愛上楊超越了》

選題要借用熱點賦能

如果你追求流量，追熱點是必要的，甚至是必須的，為什麼呢？首先要思考：熱點是什麼？一般來說，熱點是**同一個期間內有更多人關注的某一件事**。然後再思考：寫作者能做什麼？寫作者之間的競爭，本質上是在爭奪用戶的時間和注意力。熱點事件是吸引人們注意力最多的東西，而寫作者又是爭奪用戶注意力的，那麼追熱點就是**寫作者追求流量的過程中必須要做的事**。

凡事講求性價比，熱點事件出現時，人們的注意力比平時更集中，因此哪怕你的文章品質低於平時水準，流量基本上也會大於平時，如果此時文章的品質比平時好，那打造出爆紅文章就是順理成章的事。

注意，這一點我說的是要借用熱點賦能，而不是追熱點。為什麼呢？

借熱點賦能，是你本來就對一個主題進行深入思考，這些思考恰好跟熱點有不錯的聯繫，或者說熱點事件本身就是論證你某些獨到見解的絕佳案例，那仍然可以去寫。

像是海底撈上市時，我寫的《十七歲追隨張勇做服務員，海底撈上市後身價三十億：人這一生，框架重於勤奮》，這篇文章的核心主題「框架重於勤奮」以及其中的幾個分論點，其實是我長期思考的產物，而且我在社群裡都分享過，只是這個熱點事件出現時，我意識到該事件中的人和事是論證我這些觀點的絕佳案例，所以我借熱點為我的思考賦能，讓我的思考成果傳播得更廣。

如果不是這樣，就別牽扯熱點了，這對讀者價值不大，對作者也沒什麼好處，因為我們談論的是如何策畫優質選題，而不僅僅是高閱讀量選題。

選題要多面向提供新知

想要創造價值，就要提供新知。多面向的新知包括新知識、新認知、新方法、新材料、新故事、新視角、新形式、新聯繫、新組合等。

為什麼要多面向提供新知？

所謂優質，即人無我有，人有我優。怎麼理解呢？現在寫文章，最怕嚴重的同質化競爭。你會發現無論是什麼選題，都好像有人寫過，大家都寫，如果不能提供別人沒有的文章，讀者為什麼非要看你的文章呢？因此在策畫選題時，必須要從多面向思考，為這個選題注入一點新意，例如下面這些選題：

《王寶強打離婚官司為什麼請的是刑事律師》——提供新知識

《這些照片你永遠不會在歷史書上看到》——提供新資料

《阿里雲的這群瘋子》——提供新故事

《滴滴裁員兩千人的啟示：強者都有鐵飯碗》——提供新視角

《中國人，你真的不瞭解楊振寧》——提供新認知

優質選題既要符合好文章的定義，又要做到傳播廣、閱讀量高，因此我們選題時要圍繞五點：戳中普遍痛點，引發群體共鳴，製造身分認同，借用熱點勢能，多面向提供新知。

4 日常尋找選題的五條路徑

動筆寫作前，一定要先解決一個問題：今天寫什麼？這是長期寫作者每天都要面臨的問題。我們在前文用基礎邏輯回答過這個問題。

首先，寫作就是你對這個世界還有話要說，不要做一個對什麼都無所謂的人，要做個有態度的人，要對這個世界有點意見；其次，要明白萬事萬物皆可成為寫作對象，要學會發現「平淡日子裡的刺」，然後用文字去呈現；再來，在寫作的初期，要透過不斷嘗試，一步步找到自己的寫作定位，持續、深入、大量、多面向地瞭解這個領域；最後，為了解決不知道寫什麼，不知道怎麼寫的問題，要掌握幾條寫作公式。我們就在此基礎上，進一步講講日常找選題的具體路徑。

分析人群的共同需求

寫作是給人看的，人的所有行為首先要滿足自己的需求，所以我們應該寫所有人的共同需求。那麼怎麼尋找人群的共同需求呢？讓我們回歸經典，從馬斯洛需求層次理論出發，這個理論會為你找選題時提供無盡的可能。

第一個層次：生理需求。

什麼是生理需求？比如吃飯、喝水、呼吸、性欲、健康存活。如何將生理需求跟寫作掛鉤？提到吃飯，我就馬上想到外送，於是我可以寫《那些被外送毀掉的年輕人》，也可以寫《那些月入過萬的外送小哥》。提到呼吸，我會想到北京的冬天有時候霧霾嚴重，我就可以寫《霧霾下的北京》《霧霾來了，賣口罩的笑了》。提到性欲，我在北京，又身處加班嚴重的網路媒體業，我就可以寫《北上廣網路媒體人的性生活慘狀》《新媒體從業者，沒有性生活》。

第二個層次：安全需求。

什麼是安全需求？其實就是對安全感的渴求，包括但不限於人身安全，也包括工作穩定、感情穩定、收入穩定、免遭疾病等。如何將安全需求跟寫作掛鉤？提到人身安全，展開思路，我馬上就想到校園霸凌、女生晚上搭車、明星的安保問題、旅行安全、學校的體罰等，有很多話題可以寫。提到工作穩定，因為大部分人都身處職場中，所以會有寫不完的話題，像是《年輕時的穩定工作，都是高風險職業》《沒有穩定的工作，只有穩定的技能》《我們要找穩定的工作，還是可能性大的工作》等。提到感情穩定，我就可以寫《感情的穩定，需要兩個人的共同成長》《為什麼離婚率越來越高》《如何體面地分手》《男朋友想跟我復合，我該答應嗎》等，這是一個人人都有話說的選題。

第三個層次：社交需求。

什麼是社交需求？比如對同學關係、同事關係、上下級關係、朋友關係、戀愛關係、親子關係等各種社交關係的需求。如何將社交需求跟寫作掛鉤？提到同學關係，我馬上可以想出《那些曾說一輩子是兄弟的高中同學，如今還聯絡嗎》《兩年沒聯絡的老同學突然打電話來借錢，我該怎麼辦》《為什麼說高中同學關係最純粹，大學同學關係更持久》等。比如提到職場中的上下級關係，我們可以探討很多現實問題，像《這才是主管和下屬的最佳關係》《感謝那個對我狠的上司》《被主管批評後，如何重建信任》等，這些話題寫出來大家也會喜歡看。提到社交媒體上的朋友關係，有更多可以寫的，比如《通訊軟體聊天，別問我「在嗎」》《你有三千個社群好友，卻沒有三個好朋友》等。

第四個層次：尊重需求。

什麼是尊重需求？這既包括對成就或自我價值的個人感覺，也包括他人對自己的認可與尊重。人在各種場景、各種關係、各種事情中，都渴望受到尊重，如何將尊重需求和寫作掛鉤？比如《職場中的真正體面，是你的工作成績》《夫妻之間，更需要相互尊重》《想讓別人尊重你，你要先尊重你自己》《面子不值錢，尤其是你能力不強的時候》等。

第五個層次：自我實現需求。

什麼是自我實現需求？是人對意義、美德、自我完善，以及成為自己所期待的自己的需求。這有很多角度可以寫，像是《一個人最大的成功，是做回自己》《人生邏輯，大於商業邏輯》《一個人在做喜歡又擅長的事時，是閃閃發光的》《什麼是成功？我對這兩個字高度懷疑》等。

以上是我給大家提供的第一種找選題的路徑，大家千萬不要被我的例子限制思維，只是提供一個思考方向。

挖掘自己的關注焦點

我們第一點講的是從人群的共同需求出發找選題，現在我們從共同需求中回歸，回到個人經驗、個人追求、個人喜好中來。

人們有共同需求，也有自己特別關心、擅長、專注、喜歡的領域，人們在這些領域充滿創造力。例如我特別關注的領域有科技創業、職場生存、個人發展、成長方法、新媒體、知識付費、寫作等。所以我的社群自媒體「粥左羅」上發布的文章也都與這些領域相關，像是以下這幾篇。

《套現十五億現金後，摩拜[2]八〇後創始人留下兩條人生潛規則》
《年輕人，沒事別想不開去創業》
《年輕人，別忙於建立人脈，又急於毀掉人脈》
《真正會聊天的人，懂得把優越感留給對方》
《如何成為一個寫作高手？解決三個核心》

知道自己特別關注的領域之後要如何挖掘選題呢？根據**特別關注的領域和這個領域的讀者，列出關鍵字，然後將關鍵字和現實需求相結合找選題，可以將大關鍵字結合大需求，也可以將大關鍵字細分後結合小需求**。

舉個例子，我關注創業，我列出的關於創業的大關鍵字有：投資、融資、創業、經營、管理、上市、創業者、投資人、合夥人等。就拿「創業者」這個關鍵字來說，我會看現實中這一領域的讀者群體需求和痛點是什麼。

創業者是幹什麼的？創業啊。創業需要做什麼？要先找主題，然後招人、融資、管理團隊、做產品等。上面列出的每一階段都充滿需求和痛點，我們再選取其中一項繼續分析，例如第一個：找主題。

2 摩拜單車是一家從事網際網路共享單車運營的公司。由北京摩拜科技有限公司創立。

找主題時，身為創業者會想什麼？你可能會想：如今的創業趨勢有哪些？什麼創業主題成功率高？什麼主題風險低？什麼主題更容易拿到融資？什麼主題屬於低投入、高產出？什麼主題進入門檻比較低等，你可以無窮盡地想，這些都是很好的選題。然後可以針對每個痛點做案例式解讀，在這個過程中，你又會想出很多選題。

因此，當你想在一個特別的領域寫文章給一群特別的讀者看時，怎麼挖掘選題？其實就是回到這群讀者真實生活、工作、思考的場景中，在讀者做一件事的每一個環節問自己，這個環節可能遇到怎樣的難題、困境、心情、思考。這些都可以去寫。

立即輸入以觸發思考

我將上面兩條找選題的路徑稱為直接分析型找選題，接下來要介紹的是外部刺激型找選題。這兩種方法有什麼區別呢？

直接分析型找選題就是，你想寫東西了，打開電腦，坐在那裡，開始思考要寫什麼。外部刺激型找選題就是，在你直接分析思考卻什麼也想不出來的時候，其實並不是肚子裡沒墨水、腦子裡沒想法，只是沒有辦法將你的分析思考直接提取出來，你需要借助外部刺激喚醒思考。

在我的成長社群裡，我每天都要寫點優質思考內容進行分享，但我也經常會有想不到寫什麼的狀況，這時候我會怎麼做？馬上從書架上找本書翻開讀，用不到十分鐘，我就知道要寫什麼了，知識和思考是會發生碰撞的，我讀書是為了讓腦子裡的東西發生碰撞。所以我把這點歸納為：**立即輸入以觸發思考**。

有哪些立即輸入的方式？讀書、聊天、聽課、讀文章、看節目、看電影等。很多高階寫作者也會用，知名九〇後自媒體人徐妍就說，她會讀書、看報、玩手機，不管看到什麼，都想想能不能做成選題，然後多和讀者交流，從交流回饋中找到讀者感興趣的話題。

有個作家說，她看《康熙來了》時，會忍不住分析蔡康永是怎麼向受訪者提問尷尬問題的，光這件事她就可以寫一萬字的分析。找不到話題時，她就去看雜誌、去逛書城，如果還是找不到，就約人吃飯聊天。澳洲有個記者，他找選題的祕訣是打電話，瘋狂地打電話給朋友、家人等，問：「你們公司最近發生什麼新鮮事？你最近聽到什麼小道消息？」如果打的電話夠多，一定能找到值得寫的話題。

關注熱點以提取話題

我們關注熱點，不是純粹為了藉助熱點獲取高流量，而是因為熱點對喚醒思考來說是非常好的外部刺激。開始寫文章的時候可以先關注當下的熱點。不過要去哪裡關注呢？

第一，看通訊軟體。看看朋友們都在看什麼、發什麼、討論什麼。

第二，看社交媒體。社交媒體往往是熱點話題的發源地，而且跟通訊軟體相比是一個開放廣場，所以社交媒體的熱點發酵、傳播都更快。當然我們不用一路從頭往下滑完，只要稍微瀏覽一下就可以了。

第三，看網紅帳號。雖然網紅帳號都是各寫各的，但整體上也會反映當下社會情緒。

第四，看搜尋引擎搜尋數據、搜尋引擎熱搜榜、入口網站熱搜關鍵字、網路論壇熱門文章等。

熱點事件發生時，媒體、網友的集體討論本身就是一場思維碰撞的好戲，從中觀察、分析、思考，一定能找到很多自己特別想說的話、想寫的話題。

模仿借鑒和遷移轉換

我們都聽過這麼一句話：不知道怎麼做的時候，看看別人是怎麼做的。寫文章也是如此：不知道寫什麼好的時候，看看別人在寫什麼。不要怕選題相似、相近甚至相同。

作家許知遠採訪知名主持人馬東時說：「你們《奇葩說》[3]上辯論的話題，歷史上不都辯過了嗎，天天辯來辯去有意思嗎？」馬東說：「然後呢？」

人們面臨的問題其實都沒怎麼變過，不論是生理需求、物質需求，還是精神需求都是如此，所以話題的核心都源自人們面臨的問題，這些問題需要每一代人反覆探討。比如「逃離大城市」這個話題已經討論很多年了。但我們會因為十年前討論過，現在就不討論了嗎？不會的，還是值得討論。二〇一八年我也討論了一下，文章有幾百萬人閱讀。

這些都是尋找選題的方法，是透過看別人的選題找到自己的選題。但我們要切記，觀點、素材、寫作，都應該是你獨特的東西。反對抄襲，反對洗稿[4]，是每個寫作者都應該堅守的原則。在寫作過程中，每個人都可能面臨不知道寫什麼的困境，所以我們提供五種找選題的路徑，直接分析型找選題的方法有兩個：一個是關注人群，找共同需求；另一個是回歸自我，找個人經驗。外部刺激型找選題的方法有兩個：一是立即輸入，觸發思考；另一是關注熱點，提取話題。最後一個方法是看別人在寫什麼，然後透過模仿借鑒和遷移轉換的方式找到自己的寫作主題。

3 中國首部說話達人選秀節目。

4 對別人的原創內容進行篡改、刪減，使其看似面目全非，但其實最有價值的部分還是抄襲的。

4
Chapter

標題能力

關鍵節點的槓桿效應

1 好標題的三個核心價值

只有一位真正意識到標題價值的作者，才會真正重視標題，否則學再多下標題的技巧，若沒認真實踐、反覆練習，也沒有用。

我本來以為寫文章要有標題，特別是爆紅文章更要寫好標題，是人人都明白的事情。後來我成立了一個五千人的成長社團，很多成員在裡面寫作並分享作品。我發現很多人寫文章竟然不寫標題，就算有標題，很多人也沒有把寫好標題太當回事。

寫文章，要寫標題，其實大家都受過這樣的教育，學測作文不寫標題是會直接扣分的。那為什麼還是有很多人不寫標題？我覺得原因主要有以下兩個。一是**沒有真正理解標題的價值**，覺得不重要，可有可無。二是**懶**。寫內容比寫標題簡單，寫標題需要很強的概括提煉能力，所以這個「懶」，不是體力上的懶，而是思維上的懶：碰到需要動腦的事就不願意做，想逃避。但越需要動腦的事，越值得去做。

好標題是什麼？是你的寫作主題

我寫任何一篇文章，都是先寫好標題，再寫內容。為什麼？因為標題就是寫作主題，主題都沒定好，劈裡啪啦寫一堆，很容易把文章寫成沒有價值的碎碎念。主題就是我們分享的核心，也是文章的靈魂。

標題是讀者對文章的第一印象，同時也是文章價值點的提煉、價值觀的體現。從這個角度理解，標題也是驗證文章價值的工具：如果寫了一大堆之後發現不好下標題，可能就是因為寫得太混亂，沒有主題就沒有價值。

好標題是什麼？是給讀者的確定性

這是一個內容供大於求、資訊爆炸的時代，哪個領域都不缺內容，比如在我的社群裡每天都有很多成員寫文章分享，但大家不會每篇都看，而是選擇性地看。

從中我們發現，好標題，會降低讀者的選擇成本。

好標題會給讀者提供一種確定性，讀者看了標題就可以大致判斷自己要不要看。確定性強，則決策成本低。

好標題是什麼？是眼球聚集器

如果文章標題寫得好，就算讀者不打開瀏覽文章內容，至少也會在滑動螢幕的時候被吸引，在你的文章停留一下，這樣就大大提高了看文章的機率。

如果標題很爛，讀者可能會直接跳過你的文章。所以要隨時記著：文章寫得再好，和用戶之間也隔著一個標題。一個好標題是讀者和內容之間的橋梁，一個爛標題是讀者和內容之間不可逾越的鴻溝。而且，好標題也非常有利於你的讀者把它分享出去。

如果你是職業的新媒體寫作者，就更應該意識到標題的重要性：標題決定閱讀率，決定文章的點擊率，以及二次、三次傳播，是讀者決定是否轉發、分享的重要刺激因素。而且一個好標題可以讓更多帳號轉載你的文章，幫你導流、吸粉。

為什麼標題要用書名號？

說完標題的三個核心價值，我再講一點：為什麼我寫文章標題時會用書名號（《》）？

我先講一個概念：**超級符號**。什麼是超級符號？超級符號就是**人們普遍記得**、**熟悉**、**喜歡且有統一認知的符號**，比如最常見的超級符號就是男女廁所的標誌，我們不管到哪裡，一看到那個符號就不會進錯廁所。再比如紅綠燈、斑馬線，這些也是超級符號。

超級符號無處不在。講到寫作就不得不講標點符號，所有標點符號都是超級符號，我們對標點符號都熟悉，且有統一的認知，所以標點符號反過來也能對我們進入某種思維狀態進行指引。比如人們看到「？」這個超級符號，就會反射般地意識到，對方在發問，而且這件事情有個答案在等你，「？」這個符號就是用來指引我們進入思考答案的狀態。

「《》」也是個超級符號，當我們的眼睛掃到這個符號時，我們就條件反射般地意識到，這是一個題目，這就是書名號的魅力。

當然，實際上要不要寫，還要看你的寫作平台，例如我們在通訊軟體上寫貼文就可以不用「《》」，因為最置頂的位置就代表「這是標題」，所以若再加一個「《》」便是多此一舉。但有些地方並非如此。比如在知識星球這個知識社群平台上，寫了標題，但沒有加「《》」，可能自己知道那是標題，但別人在滑動螢幕的時候就不會反射地意識到，「哦，這是一個標題」。

所以對於寫文章來說，標題就是一個關鍵節點，一個好標題有很強的槓桿效應，是一篇好內容的完美推銷員。越是用心寫的文章，越是覺得有價值的文章，就越應該寫標題，而且要寫好標題，避免一篇好文章被一個爛標題毀了。

2 擬標題的五個核心技巧

什麼是好標題？我把定義濃縮歸納成五個字——「生理性想看」。讓讀者產生「生理性想看」衝動的標題，就是好標題。

什麼是「生理性想看」？有個詞彙叫「生理性動機」，指的是以生物性需要為基礎的動機，如饑餓、渴、睡眠、空氣、性、躲避危險等動機。對於這些動機，我們不需要理性思考。「生理性想看」指的就是，人來不及進行理性思考，就忍不住點開看。

我們下標題的時候，要回歸人性，回歸人的作業系統——情緒。下面我將基於人性和情緒，給大家講一下擬標題的五個核心技巧，在下一節中我會在這五個核心技巧的基礎上，給大家歸納出日常擬標題的五條思考路徑。

激發好奇心

好奇心是人永恆的、不可改變的特性。每個人心中都有一種根深柢固的需要：面對未知的時候，想去尋找答案，這就是好奇心。

激發好奇心是擬標題最常用、最好用的一種技巧，只要你激發了讀者的好奇心，他不點開看看就覺得難受。

《好評九．九分，這片我是跪著看完的》——到底是哪部片？

《這個刺激的問題，你敢問男朋友嗎》——什麼問題，這麼刺激？

《成大事者，都有個被忽略的特質：有仇必報》——新觀點，一般都會讓人好奇。

激發認同感

如果你的標題能替讀者說出他最想說的心裡話、表達出他最想表達的觀點、展示出他最想展示的態度，就會極大地激發他的認同感。

為什麼要激發認同感？因為讀者看到自己無比認同的東西，就會產生安全感、滿足感、愉悅感等情緒。人是自戀的，當然不會放過任何取悅自己的機會，因此一般這樣的題目，讀者不僅很願意點開，還很願意評論和轉發。例如下面這樣的標題：

《最好的婚姻，是精神上的門當戶對》

《我這麼努力，就是為了有說「不」的權利》

《認知層次不同的人，是很難溝通的》

《「專業」才是人生最好的逆襲武器》

對於這樣的標題，讀者在看到的那一瞬間就會覺得很贊同：「太對了」「說得好」「我就是這麼想的」「說到我心坎裡去了」，這就是好標題。

激發危機感

好事不出門，壞事傳千里。內容產業也是這樣的，有些能讓讀者聯想到自身危機的內容更容易出現爆紅文章。

其實這是符合進化論的。如果把毒蛇和木棍放在一起，你肯定先看到毒蛇；如果把老虎和豬放在一起，你肯定先看到老虎。我們天生對危機敏感，因為對危機不敏感的祖先都死了，我們是對危機敏感的祖先的後代。

對危機敏感，就是為了存活。我們看到交通事故、地震、洪水、食品安全、兇殺案件、罪犯越獄等內容，都會忍不住打開看，因為感受到了威脅。因此，激發危機感就是最典型的製造「生理性想看」的擬標題方法。比如下面這幾個標題：

《二十五歲，名校畢業，年薪三十萬，猝死》
《大裁員的前夜》
《廉價外賣生產黑幕曝光：年輕人，別再吃這些外賣了》
《一年加班八百小時，被裁只用五分鐘》

展示回報值

如今早已不是內容匱乏的時代，而是內容爆炸的時代，內容供大於求，所以讀者不可能所有內容都看。

讀者者更傾向看什麼內容呢？看跟自己有關的、對自己有用的、有價值的內容，即讀者的閱讀方式一般為「功利性閱讀」。

《如何更有策略地選擇工作，讓自己少奮鬥十年》
《看完這七條，年薪百萬只是一個小目標》
《普通小人物，如何才能成功逆襲》
《關於雙十一行銷的祕密，全在這裡了》
《十二分鐘帶你看完九十萬字的三體》

展示新聞點

人對新聞的消費是永恆的，沒有人不需要新聞。每個人都生活在一個協作的、互相聯繫的社會中，必須關注社會的動態、群體的動態、身邊的動態，這也是由進化的需求決定的，人們必須對外部環境的變化保持敏感。

同時，瞭解新聞也是為了參與網路社交，因為現在我們很多時候生活在網上，尤其是社交媒體上，新聞架起了人與人之間溝通的橋梁。

《馬雲最新演講：真正的強者，是在最孤立無援時依然堅守》

《花七十億元，阿里入局酒桌文化》

《梁寧對話羅胖——〈時間的朋友〉跨年演講劇透》

擬標題的時候要回歸人性，回歸人的基礎作業系統——情緒。要激發好奇心，激發認同感，激發危機感，展示回報值，展示新聞點，這五條既是擬標題時的核心技巧，也可以變成擬完標題之後的檢驗標準，一個標題滿足的上述要點越多越好。

3 擬標題的五條思考路徑

上一節我們講了擬標題的五個核心技巧，激發好奇心，激發認同感，激發危機感，展示回報值，展示新聞點。本節在此基礎上，向大家講解通往五個技巧的五條思考路徑。

列出新奇反問

一篇幾千字的文章，會寫到很多故事、事件、經歷、觀點、人物，裡面一定有「非正常」的東西，所以要把文章從頭到尾讀一遍，把這些事物羅列出來。這些事物中如果有一條足夠有料，就可以按照激發好奇心的技巧，擬一個好標題。舉例如下。

- **新鮮的事物：**《吳京：我就願意做炮灰》《正確整容指南》
- **奇怪的事物：**《吳孟達：演員就是騙子》《如何選中錯誤的男人，並過上悲慘的生活》
- **反常的事物：**《年輕人，沒事少聚會、少混群、少約飯》《我離婚了，但我很開心》

- **疑問的事物：**《微信短片，為什麼沒紅起來》《這才是老闆和員工的最佳關係》

我們之前說了，激發好奇心是擬標題最常用、最好用的一種技巧，只要激起讀者的好奇心，他會覺得不點開看看就難受。所以我們擬標題的時候，第一步就應該羅列這些。一篇文章可以羅列出好幾個這樣的事物，然後再從中挑選最吸睛、最讓人有生理性想看欲望的點就可以了。

包裝核心觀點

這種方法類似我們高中語文中的提煉中心思想。寫完文章之後，總結一下你的核心觀點，第一步用大白話表述核心觀點即可。總結出來之後，再想辦法包裝一下文章。

包裝的思路是什麼？就是讓讀者看了更有認同感、滿足感、愉悅感。所以，包裝一個觀點的時候，要讓觀點更「金句化」、更犀利、更有品位、更有優越感。

我從我的知識社團裡找了四個同學寫的四篇文章，在這裡以這四篇文章的題目為例，向各位示範如何包裝。

- **包裝得更「金句化」：**《寧願做出改變痛一時，不為後悔痛苦一輩子》，改成《寧願做出改變苦一時，不為後悔沒做痛一生》。

- **包裝得更犀利**：《是金子，得選對地方才會發光》，改成《職場最大的謊言：是金子，在哪都會發光》。
- **包裝得更高尚**：《孩子的教育是對未來的投資》，改成《投資孩子教育，就是投資你的未來》。
- **包裝得更有優越感**：《培養自己的「靜能量」》改成《高手，都在培養自己的「靜能量」》。

可能我們總結出的觀點本身是沒問題的，但表述太口語化、太隨意、沒有力量感，那麼我們就可以嘗試去包裝，例如採用提煉、強化、放大、對比、對仗、借勢等包裝方法。

挖掘危機關聯

為什麼不是挖掘危機，而是挖掘危機關聯呢？

首先，你寫的內容本身包含的危機可能與大部分人無關。

其次，只要不利於人們更好生存的東西都是存在危機的，因此這裡提到的危機範圍非常廣泛，不管你寫什麼，都有機會找到一些跟你的主題相關，同時又與大多數人面臨的危機相關的資訊。

例如給你一篇文章：《華為副總裁的辭職信：十年混到年薪千萬，這是我的十二條心得》，你就要分析：這篇文章講的是職場，可以挖掘一下大家在這方面的危機感，像是裁員潮。據此，我們可以把標題改成《裁員潮來襲，這位華為副總裁的辭職信值得每個人一讀》。

給你一篇文章：《比勤奮更能決定人生財富的，是複利思維》，你就要分析：這篇講的是財富，而多數人一直存在的一個恐懼心理就是怕一輩子當窮光蛋，連結一下這個發現，就可以把題目改成《不懂這四個字，你只能一輩子做窮人》。

給你一篇文章：《先行動，你就贏過了五〇%的競爭者》，當你看明白這篇文章想要表達的意思之後，就可以連結大家在這方面存在的危機感，改成《永遠不敢開始的你，注定一事無成》。

包裝內容價值

我們一直強調，寫作不是自嗨，是為了創造價值，從理論上講，每篇文章都有其價值，我們寫完文章之後要不停地問自己：我的文章幫讀者解決什麼問題？能為讀者提供什麼價值？讀者看這篇文章能學到什麼？

我們要把價值歸納一下，放進標題，讓讀者讀標題的時候就能瞭解點進來後能得到的東西。

提煉出價值後就要學會包裝，讓這個價值展現。如何包裝呢？刺激人性的需求。比如原標題是《帶你讀懂人類簡史》，要把文章包裝得更有價值，我們就要思考，很多人沒有時間讀或者不想花很多時間讀，但人都想走捷徑，所以把標題改為《沒時間讀人類簡史，其實看完這五十條書摘就可以》更能吸引讀者。

如果原標題是《社群網站的七個文案公式，讓銷量暴增》，這個標題有價值點，但就像一則普通的歸納總結，怎麼包裝得便有價值感呢？只要加強一點稀缺感，把標題改成《社群網站前員工爆料：七個讓銷量暴增的文案公式》就可以了。

只要從人性需求的角度去包裝、提高價值感，一般效果都不錯。

突出新聞時效

人對新聞的需求是永恆的，沒有人不需要新聞。所以寫完一篇文章，要看看裡面的內容是不是有較強的新聞性，如果是的話，要想辦法在標題中突出。

一種方法是借助一些能**突出時效**的詞。比如：

最新：《馬雲最新演講：年輕人要有大格局，必須做好這三件事》
突發：《重磅突發：任正非女兒、華為CFO孟晚舟在加拿大被捕》
剛剛：《剛剛，大騷亂中，中國力挺華為》

另一種方法是**表達方式本身就代表時效**。比如：

《阿里無人酒店開業：時代拋棄你時，從不說再見》
《正式宣戰，美國的危險到了》
《微信之父張小龍高爾夫奪冠：為什麼有些人，做什麼都能成功》

取標題的五條路徑剛好對應爆紅標題的五個核心技巧，我們列出新奇的東西，是為了激發讀者的好奇心；我們總結並包裝核心觀點，是為了激發讀者的認同感；我們挖掘危機關聯，是為了藉由在標題中展示危機抓住讀者的眼球；我們提煉並包裝內容價值，是為了讓讀者在標題中看到明確而豐厚的閱讀回報；我們想辦法突出新聞時效，是為了讓標題給人一種緊迫感，讓讀者有搶先一步看一看的衝動。

4 如何建立正確的標題價值觀

在本章最後，我們聊聊標題價值觀。為什麼講價值觀？因為價值觀決定結局。舉個例子。有一天，一個研究汽車相關消息的自媒體人發了一條動態，他這樣說：

飛機上有個乘客突發心臟病，原本飛機預定飛往A城市，結果直接迫降到B城市了，為了要救這個人，需耽誤整架飛機一百來位旅客，對於一個時間極度不夠用的人來說，這就是浪費時間，無語，不想說髒話。

結果這個媒體人在各大官方媒體社群裡被大家痛罵，把自己的名聲糟蹋了。

有人說他即使心裡那麼想，也不能說出來。但我不這麼認為，我認為從根本上決定一個人能做出什麼樣的事的，是他的價值觀。如果他的價值觀不正確，這次忍住沒發，下次就不一定了，不栽在這件事上也可能栽在其他事上。

擬標題也是如此，只有價值觀正確的標題，才能更貼切地符合你的好內容。如何建立正確的標題價值觀？我總結五點。

請重視標題，但記得標題非萬能

首先，要足夠重視標題。

文章內容再好，和讀者之間也隔著一個標題。一個好標題是讀者和內容之間的橋梁，一個爛標題是讀者和內容之間不可逾越的鴻溝。所以標題是寫文章的一個關鍵節點，一個好標題有很強的槓桿效應，是一篇好內容的完美推銷員。越是用心寫的文章、越是覺得有價值的文章，就越應該寫好標題，避免被爛標題毀了，因為你有責任藉由好標題讓更多讀者注意到這篇文章、願意看這篇文章，這樣才對得起你對文章內容的付出。

其次，要明白標題並非萬能。

前面我們說了，一個好標題應該是一篇好內容的完美推銷員。言下之意就是，要有好內容。一個再厲害的推銷員，天天讓他推銷垃圾產品也不可能有好結果。讀者點開一篇文章，可能是因為標題吸引人，但真正為讀者創造價值的是裡面的內容，很多人妄圖用一個好標題去包裝、拯救一篇爛文章，這注定是行不通的。內容是一，包裝是〇，沒有好內容，後面的〇加得再多都沒有用。

真實、準確，別做標題黨

真實、準確是與讀者建立長期信任最重要的前提。什麼是標題黨？誇張誇大、歪曲事實、題文不符、以偏概全等，都屬於標題黨的做法。有一篇很紅的文章，題目是《這塊螢幕可能改變命運》，標題裡有一個詞——「可能」。如果是標題黨會怎麼寫？他們可能會這樣想：《這塊螢幕改變了千萬孩子的命運》。

為什麼不能做標題黨？有一個說法叫「與預期相符」。也就是讀者看到一個標題的時候，心裡會產生一個特定的預期，然後點開看到的內容就是那些，這就是與預期相符。如果他每次點開，發現內容跟看標題產生的預期不一樣，就會感覺自己被騙了，這種文章發多了，讀者對你的信任感就會大大降低。所以千萬不要做標題黨，標題黨的效應是暫時的，真實、準確的價值才是長期的。

讓讀者一眼看懂是基本要求

我先給大家舉幾個不能一眼就看懂的標題。

《這兒的人太酷了，身上都紋幻想神獸，一眼望去覺得自己的紋身太卡哇伊了》

《可惜的是至少有三大殺手會割斷一個家族世代相傳的健康的菌脈》
《來曬太陽的村民覺得美得很，最後說，這房子什麼時候開始貼瓷磚呢》
《非共識與小趨勢——盤點羅輯思維七年演化之路》
《「價值感」：CEO的真實內在與企業外化》
《男人也米兔》
《動物天性與沙拉定律》
《沈南鵬：做多中國》
《紓困民企方向何在》

這些標題由於不能讓人一眼看懂，因此失去很多讀者。讀者在手機上滑動時速度很快，在標題能被一眼看懂的前提下，才會考慮要不要點擊。如果讀者掃過的時候，看不懂標題或者對標題無感，一般會直接略過，而不會認真思考一番。

盡量少在標題中用生僻字詞、專用術語、陌生概念、複雜長句等，要拒絕高冷，要接地氣、說人話，用常用字詞、熟悉的語境，多用短句，先幫讀者降低理解難度，才有機會讓讀者讀我們的內容。最好的題目都是這樣的，比如：

《真正會聊天的人，懂得把優越感留給對方》

《如何成為一個寫作高手？解決三個核心》

《每天都想加班，這病怎麼治》

《我為什麼要辭掉穩定的工作》

既要吸引閱讀，還要促進分享

我先給大家看幾個標題：

《汽車業巨震！又一巨頭突然殺入中國》

《再見抖音！剛剛，國家正式發聲》

《沒買房的狂歡吧！深圳傳來大消息，多少人或將無眠》

《現在辭職，還是忍到過年再說》

《員工離開的真正原因：更想遠離這樣的老闆，而不是這家公司》

這樣的標題點擊率會高嗎？一般都會。但分享率會高嗎？肯定不會。為什麼？因為沒有人願意在社交媒體展示自己的閱讀品味很低級。因此只能吸引閱讀的標題還不算是優質標題，優質標題還要促進分享。極端的、誇張的、沒水準的、低智商的標題都不要寫。

標題是槓桿，要拿來撬動讀者

標題是閱讀文章的入口，所以是一個雙向選擇器：一方面，讀者藉由標題選擇要讀的文章，另一方面，作者藉著標題吸引想要的讀者。

身為作者的你，想要吸引一批獨立思考的人，但寫的文章的標題都是《再見抖音！剛剛，國家正式發聲》《重磅！又一巨頭突然殺入中國》，最後的結果肯定事與願違，因為這些標題吸引的讀者肯定是沒什麼判斷力又愛湊熱鬧的。

另外，閱讀量不是唯一標準，還要注意吸引的閱讀對象要精準。比如《如何成為一個寫作高手？解決三個核心》這篇，我想吸引的就是有寫作需求的讀者。《經濟不振的日子裡，半年學好英語》這篇，我想吸引的就是有學英語需求的讀者。

因此，表達文章主題的核心關鍵字最好在標題中出現，這樣藉著標題這個槓桿撬動來的讀者才都是你想要的。

只有在正確的標題價值觀下，標題技巧才能更符合你的內容：要足夠重視標題，但也要明白標題並非萬能；切忌做標題黨，要透過真實、準確的表達，建立和讀者的長期信任關係；標題不能高冷，要通俗易懂；好標題既要吸引閱讀，又要促進轉發；既要提高點擊率，又要實現目標讀者的精準定位。

5 Chapter

素材能力

性價比最高的能力

1 寫作素材的八個搜索管道

為什麼說素材能力是性價比最高的能力？一是因為它更好被掌握，不像標題技巧、選題技巧等，都需要千錘百煉才能很好地掌握。二是因為優質、準確、恰當、新鮮、有料、精彩的素材，是快速提升文章精彩程度的捷徑。

本節我們先講素材的搜索管道。提到搜索管道，大家第一時間想到的是書或社交媒體。這些都可以，但我認為都不應該是你的首選。我把素材的搜索管道分為兩大類，第一類是**內部管道**，第二類是**外部管道**。上面提到的都是外部管道。

當想寫某個主題的文章時，首先要做的不是去一些平台上搜索，這是向外求，應該先向內求，也就是求助於個體經驗，先思考一下，自己和身邊的人有沒有合適的素材或者思考過類似的主題。用這類素材寫出來的內容更加真實、生動，而且因為熟悉，所以更好駕馭。

搜索素材應該分兩大步：**先從個體經驗裡搜索，再從外部經驗裡搜索**。

個人經歷思考

這是個體經驗的第一個組成部分。我們前面講過，寫作是對輸入進行思考後的輸出，我們寫的任何觀點都不能跳脫自身的思考。我們的思考是怎麼來的？源於讀過的書、做過的事、見過的人等。

因此，你寫的觀點本來就是從你的經歷和思考裡得來的，那直接從經歷和思考中挖掘相應的素材才是最恰當的。比如，寫一個關於「情商」的話題，要先從自己的個體經驗裡檢索一下，自己做過什麼展現高情商的事，說過什麼展現高情商的話，又有哪些顯得情商低的經歷、表現，情商在你的工作、生活中扮演一個怎樣的角色，關於情商你有沒有進行過一些思考……如果有恰當的素材，是不是就比網路搜集來的材料更好用？

身邊人的經歷

個體經驗不是來自你自己，就是來自你看到的別人，這裡的別人主要不是指陌生人，而是你身邊的人。你可能在很多人的文章裡，都經常看到這樣的表達：

- 我有個朋友……
- 我有個同事……
- 我有個同學……

- 我的老闆……
- 我的前任……

這些其實都是作者寫文章時從身邊人的經歷中檢索出來的寫作素材。這是個龐大的素材來源，因為每人每年都要經歷很多故事，僅一個辦公室裡的同事身上就有取之不盡的素材，每個人都是一個行走的素材庫。所以你寫任何一個話題，都要先檢索一下，想想身邊人做的哪些事、說的哪些話可以成為寫作素材。

即時通訊軟體體系

中國微信的各公眾號，應該是目前中國高品質文章產出最多的內容平台，這是因為：首先，絕大多數公眾號每天只能推送一次，不像微博、知乎、網站、論壇等內容平台，每天可以發布很多次內容。因為這些公眾號每天只有一次推送機會，所以對此更加珍惜、更加謹慎。另外，公眾號推送後不可修改、不可撤回，嚴格的內容發布機制促使公眾號經營者提高內容品質。

其次，公眾號是目前商業價值最高的內容平台。大家都想透過高品質的內容聚集優質粉絲，以實現商業訴求，每個領域的公眾號競爭都很激烈，這也讓大家在公眾號上投入更多精力、生產更優質的內容。

因此，即時通訊軟體體系裡最重要的價值，就是能搜索優質文章。基本上寫什麼主題的文章，都有很多人寫過，可以搜索出來，參考借鑒，但不要「洗稿」、抄襲。

即時通訊軟體體系也可以搜尋朋友的分享，同時如今的即時通訊軟體的搜索功能已經將外部訊息源納入搜索範圍，也就是說在通訊軟體裡能搜到各大網路新聞的內容，以做參考。

微網誌體系

對於搜索素材來說，微網誌也有獨特的優勢，只有知道其獨特優勢，才能高效利用。

第一，微網誌是一個廣場，是熱點事件最先爆發和傳播最快的地方，如果想搜尋熱點素材，要懂得善加利用微網誌。

第二，微網誌上可以搜索特定公眾人物的素材，微信則不能，例如要寫鹿晗、吳亦凡、胡歌等人的相關文章，可以看看他們的微網誌。

第三，微網誌是一個誕生好短文、金句素材的地方。

第四，微網誌評論區是一個素材金礦，我寫文章的時候經常加一個「網友評論／網友怎麼看」這樣的版位，這就是所謂的ＵＧＣ內容生產模式[1]，同時這也是增加讀者共鳴的好辦法。

網路論壇體系

網路論壇上有很多意見領袖，發表的內容品質相對較高，在其內容生產機制下形成了很多專題。每一個話題都有很多專業人士從不同角度發表觀點並解讀。每個話題都有一個「精華」選項，裡面關於這個話題的討論數量從高往低排序，搜索效率也比較高。

網路論壇的特點就是：內容品質高、素材挖得深、搜索效率高，因此也是我絕對不會錯過的素材來源。

搜尋引擎體系

搜尋引擎的優勢就是擁有大量資源，可以搜到所有的網路內容，訊息量巨大。

很多素材可以直接在維基百科裡找到，比如寫人物、科普、某個概念等內容時，維基百科就是一個很好的素材來源；如果搜索的正好是熱門趨勢，只要打上關鍵字在搜尋網頁就會顯示關於這個熱門話題最新的文章，可以逐一點擊查看；如果不是追求特別高品質的圖片，用搜尋引擎搜索圖片的效率還是非常高，其圖片資源非常充足，和關鍵字的匹配度還是相對精準的。

垂直網站

每個領域都有很多垂直網站，內容相對專業，且更符合你的主題定位，因此在這些平台上搜索效率會比較高。

例如寫創業投資主題的文章時，就可以多去瀏覽36氪、虎嗅網、創業邦、投資界等網站找素材，通常這些網站的每一篇文章底部會連結相同主題的其他文章，讓你的搜索效率更高。

書和課程

書和各種線上錄音課也是非常重要的素材管道，而且有三個優勢。

1 UGC是User Generated Content的縮寫，中文可譯作使用者原創內容。UGC的概念最早起源於網路領域，即用戶將自己原創的內容透過網路平台進行展示或提供給其他用戶。

第一，搜索效率高。寫一篇「什麼是好文案」的文章，可以去翻看《一個廣告人的自白》《科學的廣告》（*Scientific Advertising*）《超級符號就是超級創意》《文案訓練手冊》《那些讓文案絕望的文案》，或者去找幾個講文案的錄音課，這樣效率肯定非常高，因為搜索太精準了。

第二，素材稀缺性強。書和課的版權保護相比網路文章的版權保護更好，因此書和課裡的很多素材在網上是搜尋不到的，也就是說能在書和課裡找到大家都沒見過的素材，這就是文章的競爭力，稀缺就是價值。

第三，素材品質高。書不是隨便就能出的，課也不是隨便就能講的，這兩個管道的素材品質整體上都相對更高。

以上就是搜索素材的八個管道，下面我們將介紹搜索技巧。

2 優質素材的六個搜索技巧

本節我們講一下優質素材的六個搜索技巧。

要有耐心

有些讀者可能會想：你胡說八道吧，請你講搜索技巧，你說要有耐心，這也算技巧嗎？這還真是技巧，而且是很多人都不知道的技巧。寫文章最大的公約數是什麼？真誠。搜索素材最大的技巧是什麼？耐心。

不少朋友問我：「為什麼同樣寫一個名人，你總是能搜到我們找不到的素材？」我就問：「你搜索用了多長時間？」很多朋友就說：「二十分鐘。」

我說：「你搜索二十分鐘，我搜了三、四個小時，你問技巧，這重要嗎？我用了你十倍的時間做同一件事，我又不是傻子，當然得到的也是你的很多倍。」

知識分享平台大象公會有位作者叫南戈北碱斯基，寫過一篇文章《「紅罌粟」照耀中國》。他花了一個多月寫這篇文章，收藏了一百四十一個與「紅罌粟」有關的中英俄文網頁，買了六本電子書，查閱了七十多篇論文，成為《紐約時報》的付費用戶，還讓朋友用耶魯帳號幫他查了《真理報》一九二〇年代以來的全文資料庫。

如果你沒花兩、三個小時搜索資料，別來問搜索技巧，耐心是一切搜索技巧的前提，因為搜索本身是一件超級無趣的事。

資深媒體人黃章晉說：「只要動用了足夠智力的東西都能打動人。這就是最大的技巧。」

多設關鍵字

在耐心的基礎上，多個關鍵字搜索是第二個技巧。寫文章時，大家一般都先定主題，列出跟主題直接相關、間接相關的關鍵字，然後一陣狂搜，跟工人搬磚似的，沒什麼捷徑。

比如要寫個人物——經緯中國的老闆張穎，張穎這個關鍵字一定要狂搜一下，但僅僅這樣做還不夠，跟張穎有關的關鍵字，像是經緯、經緯中國、經緯張穎等也要搜。然後也要搜一下張穎投資過的企業，比如張穎＋滴滴、張穎＋陌陌、張穎＋獵豹移動、張穎＋餓了麼等。

之後，與張穎有關的名人也要組合搜一搜，比如張穎＋唐岩、張穎＋張旭豪、張穎＋徐小平、張穎＋傅盛……

這就完了嗎？沒有，如果你想寫這個人，從要寫的各個方面抓取一些關鍵字，繼續去搜。

所以，想要搜到更多素材，你的關鍵字一定要設定得夠多。

多重管道

如果你的搜索管道太受局限，即便再有耐心、關鍵字再多也不夠，例如光在搜尋引擎上搜，那絕對定是不夠的。

我們剛才舉搜索張穎的例子，你要拿那些關鍵字在搜尋引擎、通訊軟體、微網誌、網路論壇、獨立評論媒體、社群網路裡搜。如果有些話題有比較著名的書，還要去翻書，比如我寫海底撈上市的爆文時，從書裡翻出來很多網路上沒有的素材。寫一些主題類的文章也可以多去翻書，像是寫行銷手法，多去翻行銷的經典書；寫成長的實用文，多去翻一些認知提升的書籍，當然也可以去一些知識付費平台上搜索。

因此，多設關鍵字＋多重管道就是王道，你用十個關鍵字在十個管道上搜索，就是一百次搜索，結果能不滿意嗎？當然在執行過程中可能不需要搜索那麼多次，夠用就行。

多方面

這個多方面指的是素材形式的多方面。我們寫文章，當然主要是以文字為主，但是如果有不錯的圖片素材、影像素材，也是提高內容競爭力的手段。有很多寫公眾號的作者長期堅持為文章配上高品質、高價值的圖片，這也成了他們內容的特色。

海底撈上市的時候，很多作者都寫文章，我也寫了一篇《海底撈上市，身價六百億的張勇用人潛規則：談錢，才是對員工最好的尊重》，並在文末放了段兩分鐘的影片《海底撈店經理月薪多少》，這就是人無我有。

因此，搜索素材時，至少有三個方面：文字、圖片、影像。

精準搜索

什麼是精準搜索？我們在很多平台上搜索的時候都可以限定條件，以便讓搜索更精準。比如在搜尋網站上搜索企業家羅永浩卸任CEO，在出來的結果裡，羅永浩卸任CEO這組詞有時候是斷開的、不連續的；如果加上引號，搜「羅永浩卸任CEO」，搜出來的這組詞都是連續無中斷的，即加引號搜索，關鍵字不會被拆分。

在搜尋網站裡搜索羅永浩Filetype:doc，搜出來的都是文件檔，而將doc換為pdf、ppt、

word，搜出來的素材都是pdf、ppt、word類型的，這就是依檔案類型的精準搜索。

在搜尋網站上搜索手機，出來的都是各種買賣手機的資訊，如果加了書名號，搜出來的都是與電影、小說《手機》相關的素材。

在通訊軟體體系裡搜，你可以選擇搜尋文章、官方帳號等。搜文章也有很多篩選條件，搜索範圍可以是最近讀過的、已關注的官方帳號。朋友分享過的文章還會按時間排序。當然，你也可以搜索特定官方帳號裡的文章。

每一個篩選條件，都是為了讓搜索結果更貼近你想要的。

順藤摸瓜

什麼叫順藤摸瓜？

比如你在某個圖片網站上搜索圖片時，特別喜歡某張圖片，然後你可以點擊該圖片的作者，此時會發現很多相同風格的不同照片，這就是順藤摸瓜。

像我之前寫雷軍，搜索關於雷軍的素材時看到一篇很好的文章，就想看看這個作者是不是寫過好幾篇關於雷軍的文章，於是就去找這個作者社交媒體帳號，的確又發現了好幾篇，這也是順藤摸瓜。

搜尋某個主題關鍵字時，有可能找到一個官方帳號，然後發現這個帳號裡的內容都很好，同時其定位也很符合你的主題，就可以直接在這個帳號裡多用關鍵字搜索，這也是順藤摸瓜。

總結一下，順藤摸瓜就是你搜到了一個瓜，這個瓜鐵定在某個藤上，然後就可以順著這個藤找到更多的瓜。

為什麼順藤摸瓜這個邏輯可以成立？因為定位。網站有網站的內容定位，官方帳號有官方帳號的內容定位，作者有作者的寫作定位，攝影師有攝影師的拍攝定位。定位就意味著持續性，所以你找到一篇符合需求的文章，可能就找到了一大串這樣的稿子。

搜索素材的第一大技巧是耐心，不要想著二十分鐘搞定，除非想寫的是很短的小分享，否則至少要拿出幾個小時的時間；用多關鍵字在多管道上搜索，兼顧文字、圖片、影像三種素材形式；搜索的時候可以設置篩選條件讓搜索更精確；最後要學會順藤摸瓜的搜索方法。

3 日常蒐集素材的三個方法

為什麼要蒐集素材？

雖然如今在網路上可以高效地搜索到各式各樣的素材，但是寫文章時真正好用的還是你熟悉的素材、你曾經用大腦處理過的素材。對於這些素材你會理解得更好，取用得更高效，運用得更自如。

好素材不是搜出來的，而是累積來的。

寫一篇文章時，第一步應該先嘗試使用熟悉的素材，然後再搜索新素材用來補充和完善。

你可能覺得「天天想著拿個小本子記素材」是一件麻煩的事，但實際上很多寫作高手以及商界名人都在用這種方法，比如馬雲、羅振宇、羅永浩等。

要形成日常蒐集素材的好習慣，可以用以下三種方法。

即時收藏

收藏是蒐集素材最容易的一種方式，毫不費力，一秒就能搞定，但是很多人都沒有養成這個習慣。我平時看到好文章都會立刻收藏。這樣以後寫文章要用素材的時候，就可以從我的最愛裡翻出來。

有人說，需要特地標籤嗎，收藏多了的話是不是很難找到？

其實在網路平台上收藏有個最大的好處就是有搜索功能，紙本書就沒有這個功能。海底撈上市時，我想起《海底撈你學不會》這本書裡有個很好的素材，但那幾段話到底在書的哪一頁，我記不清楚，翻了半小時才找到。

而對於通訊軟體我的最愛裡收藏的文章，只需要用關鍵字「海底撈」搜一下，就馬上能把文章搜出來，然後再用關鍵字＋「搜尋網頁內容」，就可以馬上找到你要的那段話。

因此在通訊軟體裡收藏，不用花很多時間特地整理，只要對文章熟悉就可以，因為可以藉由關鍵字快速找到並定位具體內容。

當然，有一種情況你可以建立標籤，這能讓你工作起來更高效。二〇一七年我開始高頻率地寫新媒體課程，很長一段時間每天都需要寫一節，需要大量的各類素材，因此我就建立一些專用標籤，比如「標題標題標題」用來收藏好標題，「選題選題選題」用來收藏好文章，「新媒體進修反覆看」用來收藏對我啟發很大的解讀傳播的文章等。

我建立了一些這樣的標籤後，看到相應的文章就會放到相應的標籤下，每天我要寫課時，就直接翻看這些標籤下的內容。因此如果近期想做某些專題的文章，也可以臨時建立一些標籤用來收藏文章，這樣檢索起來會更有效率。

除了收藏文章，我還會收藏官方帳號，我的辦法就是置頂，我必須每天優先看到這些帳號，以便在需要的時候能更快地找到（因為我關注了幾百個帳號）。

對於書的內容，也要收藏。讀書的時候看到一個很好的素材，覺得之後可能會用到，就用一秒鐘折一下頁腳即可，再畫兩筆也行。不要怕把書弄壞，書最怕的不是弄壞，而且被束之高閣。

看過的好電影，我也會標記一下。

另外，網路上很多東西都可以收藏在通訊軟體裡，別的網站、App上的東西，可以發到通訊軟體上，從通訊軟體端打開就可以將其收藏到我的最愛裡。

總之，平時閱讀的時候要即時收藏，收藏時用一秒，用的時候會省很多時間。

隨時記錄

記錄，分以下兩種情況。

①只摘取你要的部分

收藏大部分是指原封不動地整體標記。而很多時候，我們看文章、讀書、聊天、聽課，只是被其中的一句話、一個觀點擊中了，那我們就不需要將其全部收藏，只需摘取我們需要的部分記錄下來即可。事實上很多名人也是這麼做的，演講教練王雨豪在一次講課中透露，馬雲老師有個特別助理，專門幫助他蒐集網路上精彩句子；羅振宇老師也有個筆記本，專門記錄「殺手級」金句。比如二〇一六年跨年演講羅振宇有句熱門金句是：「愛上一個人的感覺，就好像突然有了鎧甲，也突然有了軟肋。」二〇一七年跨年演講羅振宇有句金句是：「歲月不饒人，我也未曾饒過歲月。」這些都不是他原創的，而是他看到這句話後很有感觸，就記錄在小本子上。你現在知道羅振宇為什麼有這麼多金句了吧！另一個老羅——羅永浩也是這樣，他說：「看到某個人說了句特別有洞察力和智慧的話，我就隨手記錄下來；看到一個非常好玩的笑話，我就隨手記錄下來。」

②記錄你的碎片思考

我們平時看文章、讀書、聊天、聽課時，除了前面提到想記錄下別人的東西，事實上我們也不停地在思考，腦子裡會閃過很多寫作靈感、有意思的想法、不一樣的思考角度，或者會突然想到標題可以怎樣寫、選題可以怎樣做、策畫活動的時候可以怎樣等。這些靈光乍現的東西都非常寶貴，都要即時記錄、累積起來，否則這些東西就會稍縱即逝。比如在捷運上想到了什麼，沒有即時記錄，下了車可能就忘得一乾二淨了。我平時一般都會用手機便籤或備忘錄記下這些東西，沒時間多寫可以只寫幾個關鍵字，等有時間再去整理。

寫小分享

寫小分享是蒐集素材最重要的形式，也是後期用起來最得心應手的一種。看文章、讀書、看電影、跟人聊天時，突然想到一個很厲害的觀點或者看問題的角度，用一兩句話肯定記錄不完。或者有時你文思如泉湧，怕如果只記下幾句話，後面再用時寫不出那些瞬間爆發出來的東西，但是又不可能馬上寫一篇文章。這時候怎麼辦？寫小分享，把這個素材記下來。

小分享不用長，一百至三百字即可，甚至可以用不是很通順的句子，只要把當時那一瞬間腦子裡爆發的東西記錄下來，之後再看時能看懂就行。我的手機裡有大量這樣的東西，我在閱讀過程中，隨時隨地就會開個主題寫幾段，這些東西在合適時機都可能成為一篇文章的核心部分，甚至有的可以直接拓展成一篇文章。所以我說這是很重要的蒐集方式，用的時候也是最有效的。

以上就是日常蒐集素材的三種方法，最後再講兩個注意事項。

第一，定期整理。比如把爆紅標題、網路笑話、金句觀點分門別類整理在一起，將碎片思考梳理分類。還有一個重要的整理，即如果你是個長期寫作者，經常會同時準備很多選題，那就要把合適的素材定期整理到對應的選題下。

第二，定期翻閱。首先不要亂收藏，將收藏標準設高一點。既然收藏的東西品質都這麼高，就不要白收藏，沒事翻翻看，用的時候才能得心應手，別收藏了一堆好東西卻不記得自己收藏過。

好素材不是搜出來的，而是蒐集出來的，寫文章的第一步應該先檢索我們熟悉的素材；在日常閱讀學習經歷中，要即時收藏好東西，隨時隨地記錄好東西、好想法，必要時隨手定個主題，寫個一百至三百字的小分享，然後定期整理和熟悉素材。

6 Chapter

結構能力

框架大於勤奮

1 寫作者和閱讀者的天然矛盾

結構，基本決定了文章最終大概會長成什麼樣子。做事要先掌控關鍵節點，一切跟結構相關的都是關鍵節點，所以這章的副標題是「框架大於勤奮」，這裡的框架，即結構。

本章第一節是「寫作者和閱讀者的天然矛盾」，這節內容很簡單，但如果我不講，很多人可能永遠不會去想，看完這一節，各位就知道為什麼我會這麼說，以及為什麼講結構能力前要先講這一點。

寫作是為了創造並傳遞價值。價值是一種很難度量的東西，就如同愛。我愛你，我想把我的胸腔剖開，把心掏出來給你看，你說：「傻瓜，不用，你好好愛我，我就能感受到。」為什麼會有這樣的對話呢？因為我對你愛得如此強烈，我急著讓你看到我有多愛你，但你是看不到的。所以你說讓我好好愛你，讓你感受到。於是我用愛戀的眼神和甜蜜的笑容，我用暖暖的擁抱，用對你無微不至的呵護讓你感受到。

什麼意思呢？我對你的愛是由內到外釋放的，卻要讓你由外到內感受到。所以談戀愛的時候千萬不要說：「我這麼愛你，難道你不知道嗎？」這是傻話，對方當然不知道，除非用外在行動，讓對方感受到。

寫作者和閱讀者也有這樣的天然矛盾。有句話說，被誤解是表達者的宿命。寫作者和閱讀者對文章核心的理解總會有偏差。你寫一篇文章，心裡清楚知道自己在寫什麼，你寫得越好的文章越是如此；但讀者不是，他們是直接面對一件陌生的事物。我們以為讀者明白的東西，其實讀者未必瞭解。

我們把思考轉化成文字的過程中省略的東西，讀者沒辦法自己補上。

我們對一件事的理解，基於我們讀過的書、見過的人、經歷的事，但讀者讀我們的文章時，支撐他理解文章的，是他讀過的書、見過的人、經歷的事。從這個意義上說，不同讀者對同一篇文章的解讀都不同。

你覺得你的文章值得一看，也值得推薦給朋友看，否則為何要寫，但對讀者來說並非如此，別人並不是非得看你的文章。我們的寫作過程是先有核心，向外發散，有了框架，形成文字，做排版呈現。然而讀者感受的過程，順序卻是相反的。他先看到排版呈現，閱讀文字，遵循你的框架，最終才會理解你的核心主旨。

這就是寫作者和閱讀者的天然矛盾。

我們當然希望盡可能解決這些矛盾，讓我們的文章價值最大化。那麼該如何解決？

我們需要讓文章的主題非常明確，最好能**用一句話說清楚，甚至可以直接變成標題**。寫作是一種溝通方式，這種方式可以降低溝通成本；我們要盡量搭建好一篇文章的框架結構，讓讀者順利從框架裡進來，理解文章的核心；我們要用更清晰的邏輯表達，以便讀者信服和準確接收我們想要表達的事；我們需要用更精彩的案例、故事，讓讀者更樂意聽我們說話；我們需要設計開頭，讓讀者相信這篇文章值得繼續往下讀，同時也需要讓讀者讀到結尾處時，更願意分享我們的文章；我們需要更好的呈現，優化小標題、配圖、排版等，讓讀者閱讀體驗更好，完讀率更高。

我不喜歡只給方法和技巧，「怎麼做」是很重要，但我認為更重要的是「為什麼」，對「為什麼」回答得越清晰，對「怎麼做」的理解就越深刻，就會有更根本的重視。就如同看到一個人自律且勤奮，不要只學習他的自律和勤奮，要瞭解是什麼在驅動他如此自律且勤奮，不清楚那個內在動機，永遠無法真正理解他。

這節內容是為後面的內容做鋪陳。閱讀本節，你會更加理解且重視主題的確定、框架的搭建、開頭結尾小標題的運用、邏輯的嚴謹性、論證的精彩度、排版的呈現等。

2 如何搭建一篇文章的框架

很多人寫文章有一個習慣，即提筆就寫，想到哪裡就寫到哪裡，這樣寫會出現以下幾個問題。

- 很容易寫著寫著就跑偏了，最終寫出來的文章跟最初的設想偏離很大。
- 會寫得很慢，甚至寫不下去。
- 文章最終可能變成邏輯混亂的碎碎念、流水帳。

如何避免這種「管不住字」的情況？最有效的方法，就是在**寫文章前先搭建好文章的框架**。建一座大樓，不能沒有設計圖就直接開始砌磚建牆，寫文章也是如此，文章的框架就如同房屋設計圖一樣重要。事先搭建好文章的框架，目的在確立文章的寫作主題和行文方向，讓我們的表達更有邏輯，主題更加明確。而且因為寫作有了方向，你知道每一步該寫什麼，寫作效率會更高。

搭建一篇文章的框架，可分三個步驟來進行。

確立寫作主題

建房子第一步是畫設計圖嗎？不，第一步是想清楚要建一棟什麼樣的房子。寫作，也不是一上來就列提綱，寫作的第一步是先確定主題，也就是要寫什麼，這是搭建文章框架的第一步。如何確立主題？理想的情況是，主題非常確定，我們可以直接列提綱。但現實往往比理想狀況複雜得多，第一步我們通常只能確定一個大概的主題方向。確定大方向之後，我們要梳理出幾個立意，最終我們綜合考量才能把這篇文章的核心立意確定下來。

舉個例子，我寫過一篇文章：《我見過情商最低的行為，就是不停地講道理》。這篇文章的主題方向是怎麼來的？我看梁寧的一篇文章中有一部分大概講的是「管人的本質就是管理情緒，很多創業者管人的能力很差，是因為他們只會一招——不停地講道理。」我看到這個觀點時，非常有共鳴，特別想寫一篇文章，於是我根據這個觀點，列了一些立意。

- 一流的老闆，不講道理
- 管理的本質，就是管理情緒
- 情商高的人，最不講道理

根據這些立意，我又延伸出一些東西，比如不講道理，本質上是不講事實、不講邏輯等，因為人是情緒動物，事實和邏輯是正確的，但未必是有效的。基於此，我又想到了幾個立意。

- 情商高的人，總是先道歉
- 情商高的人，不講道理講人性
- 情商高的人，不跟愛的人講道理

列完這些立意，我就開始梳理，其實所有不講道理講情緒、講人性的狀況，都是情商高的表現，而這種高情商展現在各種人際關係上，不僅是老闆做管理，在愛情關係、親子關係中也有展現，所以我最終的立意就是「情商高的人，最不講道理」。後面我希望這個立意更吸引人一點，使用了標題技巧中的激發危機感，把這句話表達成了「我見過情商最低的行為，就是不停地講道理」，這句話就成了這篇文章的主題，也是標題。

新手寫文章，因為沒有豐富的經驗，腦子裡也沒有儲存大量的素材、觀點，所以更多時候是摸著石頭過河，先確定一個大方向，在混沌中找到秩序，找到那個確定的點，甚至有必要閱讀一些相關的文章素材，從中找到一個相關立意，最終再整體確定要從哪個立意著手。

在經過長期的寫作練習後，也慢慢熟諳人性，理解目標使用者的痛點、需求，同時在自己的寫作領域已經累積了大量的觀點和素材，這時候就有可能一開始就能直接確定一個非常好的立意。

根據對主題的理解列出提綱

確立主題後，接下來就是根據主題列提綱，也就是列出這篇文章要寫哪些部分，每一步寫什麼。如何列提綱？我給大家整理出十四個思考方向。

（1）**問題**——發生了什麼事情／新聞？有什麼痛點／需求？

（2）**是什麼**——這是一個怎樣的人／事／觀點／方法／概念等。

（3）**為什麼**——為什麼會發生這件事？為什麼要講這件事？這個觀點為什麼是這樣的？你可以用哪些概念、道理、觀點、事例去解釋？是進行正面論證，還是進行反面論證？

（4）**怎麼做**——你可以寫如何做一件事；如何使用一個概念；給出一個問題的解決方案。

（5）**分解**——把一個整體拆分成很多部分。

（6）**並列**——當你論證一個觀點時，可以找同一個層級但不同角度的案例進行並列論證。

（7）**遞進**——時間的遞進、空間的遞進、程度的遞進等。

（8）**關聯**——這件事和其他哪些事有聯繫？這個人和其他哪些人有聯繫？這個概念和其他哪些概念有聯繫？

（9）**過程**——一件事是怎麼發展的？

（10）**轉折**——一件事在發展過程中出現了哪些意料之外的改變？

（11）**對比**——兩個人的對比、兩件事的對比、兩個觀點的對比、不同時間的對比等。

（12）**結果**——一件事的結局是怎樣的？

（13）**反思**——從一件事、一個人、一個新觀點中反觀自己，你得到了什麼。

（14）**意義**——這件事的發生帶來哪些價值？去做一件事有什麼價值？學會並正確使用一個概念、觀點、方法會得到什麼價值？

以上是我總結出的十四個思考方向，各位可以根據自己的理解繼續添加，甚至可以直接梳理出自己的一張列表，這些點相當於思維模型。拋給你一個寫作主題時，可能什麼都想不出來，但對照這個列表，一下就能想到很多可以寫的東西。

以我寫《我見過的情商最低的行為，就是不停地講道理》這篇文章為例，這個主題是一個很細的點，我列提綱時的思考方向就是如何論證，論證的思考方向就是找同一個層級但不同面向的案例並列論證，比如老闆和員工、父母和孩子、愛人和朋友這些面向，這四點就是並列視角。

另外，我寫的《如何科學安排假期，做真正會休息的高手？六千字給你講透》，這是篇典型講方法論的文章，所以我列提綱時要用到的思維模型是這樣的。

問題——大家的痛點：不會休息，越休假越累；

為什麼——越休息越累的原因；

關聯——哪些概念可以解釋這件事？被動娛樂、主動娛樂、心流、自控力、邊際效應等；

怎麼做——向大家提出科學休假的具體建議。

根據這些思維模型，可以列出很多值得寫的點，列好了之後，再梳理一下，一個初步的提綱就出來了。

搜索素材，根據素材補充、完善提綱

第二步做完之後，你有了一個初步的提綱，這個提綱是根據你的理解直接寫出來的，一定不夠完整，更不算完美。怎麼解決呢？列完一個大概的提綱之後，就要開始在多個管道、用多個關鍵字搜索素材了。在搜索素材的過程中，不同素材會給你不同啟發，你可以根據這些啟發補充、完善提綱。

列提綱就是列觀點，也就是列出你的思考。你的思考是怎麼來的？基於對素材的理解。進行第二步的時候，我們直接去思考，其實依靠的是素材中的個體經驗部分，即個人經歷和身邊人的經歷。所以進行第三步的時候，我們要調動外部經驗來彌補個體經驗的不足。

比如我寫《成大事者，都有個被忽略的特質：有仇必報》，一開始根據個體經驗我並沒有寫第三點「報仇成本高，贏家不報復」。這個點是我在搜索素材時，看到媒體人王爍老師講的「超級合作：贏家不報復」，受到啟發，我覺得很多人不報復的原因是覺得報仇成本太高，所以我有必要在提綱裡再加一點，向大家講講為什麼報仇成本高，也要去報仇。

我寫《真正會聊天的人，懂得把優越感留給對方》時，其中有個大的論點是「如何才能自己少展示優越感，把優越感留給對方」。我用五個點來論證，第五點「自己秀優越感時，記得你還有同行人」，就是我看到演員黃渤在第四十六屆金馬獎頒獎典禮上的表現時，激發出的新思考。

為了避免寫得慢、沒主題、沒邏輯，我們在寫作時要先定主題，再根據對主題的理解列提綱。為了讓提綱更完整，我們需要在搜索素材時不斷補充、完善提綱。

3 如何寫開頭，讓人想繼續閱讀

我們在前面講了寫作者和閱讀者的天然矛盾，其中一個矛盾是，作者一定認為自己的文章值得看，希望被更多人閱讀，但對讀者來說並非如此，他們不一定非得看你的文章，他們隨時可能把它關掉。

廣告大師大衛．奧格威曾經說過，閱讀標題的人數是閱讀正文人數的五倍。讀者點擊文章，是選題做得好、標題下得好。所以，如果文章標題能吸引讀者點進來，就成功了一半。如果這時開頭又夠精彩，能吸引讀者，那麼讀者就會繼續閱讀下去；反之，他會直接忽略文章，哪怕後面的內容再精彩，也沒了被人看到的機會。因此，寫開頭的核心目的就是讓讀者繼續往下看文章。如何寫出讓人想要繼續閱讀的開頭？有三個技巧。

激發好奇

這是爆紅文章開頭最常用的一種技巧，好奇心是人類共有的天性，如果能在開頭想辦法激起讀者的好奇心、探索欲，他就一定會往下看文章以尋求答案、解答疑惑。提幾篇我曾寫過的文章，作為範例。

①提個讀者忍不住去思考的問題

《為什麼越學反而越蠢？碎片化學習是個騙局》的開頭：

所有當代人都面臨兩個問題：資訊超載和知識碎片化。該怎麼解決？

②講一件反常的事或顛覆的觀點

《能成大事的人，都懂得麻煩別人》的開頭：

那些特別喜歡麻煩別人的人，往往過得更好，也很討人喜歡。

《為什麼要炒掉在網路發文曬加班的人？答案太顛覆了》的開頭：

最近我在緊鑼密鼓地招募，於是跟一個資深人資朋友請教，她突然跟我講了一個招募原則：凡在社群網站曬加班的人，你都要小心，最好別要。

《這塊螢幕可能改變命運》的開頭：

過去一段時間，我們的記者試著去瞭解這樣一件事情：二百四十八所貧困地區的中學，透過直播，與著名的成都七中同步上課。

此舉引入一些學校時，遇過老師撕書抗議。有些老師自感被瞧不起，於是消極應對，上課很久才晃進來，甚至整周請假，讓學生自己看螢幕。

這是一塊怎樣的螢幕？

《我見過情商最低的行為，就是不停地講道理》的開頭：

你好，我是粥左羅，最近我對「情商」這個詞有了新的理解——高情商的人，原來最不講道理——迫不及待地想分享給大家。

③激發獵奇心理

《我想用隱私賣點兒錢，行嗎》的開頭：

今天和大家聊聊隱私。假設世界上有個「小祕密交易平台」，允許你把自己的隱私放在上面出售，賣什麼由你決定，可以是個人資訊，可以是手機裡的私密照片，也可以是你家攝影鏡頭的觀看許可權……出價也由你決定，買家自願購買，沒有中間商賺差價。你願意出售一部分自己的隱私嗎？

《財富自由之夢的真實版本》的開頭：

網路公司的歷史就是創富史。然而，不見得每個創業公司背後都有個完美的故事。

④ 展示新聞要點

《北京交通大學實驗室為何會爆炸？熱點》的開頭：

據央視新聞消息：二〇一八年十二月二十六日九時三十四分，北京交通大學市政環境工程系學生在學校東校區二號樓環境工程實驗室裡，進行垃圾滲濾液汙水處理科研實驗期間，現場發生爆炸，造成三名參與實驗的學生死亡。

《為什麼不要隨意評價別人？這是我聽過最好的答案》的開頭：

十一月二十九日晚上，林志穎從香港搭飛機返回台灣，在即將準備關閉艙門的時候突然要求下機拿回已辦理托運的行李。這件事前前後後拖了將近半個小時飛機才起飛，而同行的一位陳小姐不滿林志穎的做法，投訴了媒體。

展示重要性和價值

如今是一個資訊海嘯的環境，每天有大量內容誕生，而讀者的時間和注意力都是有限的，他只能選擇性地閱讀。閱讀是為了獲取價值，所以我們要在開頭展示文章的重要性和價值，讓讀者覺得值得閱讀。

① 說明文章探討的問題很重要

要寫一篇文章時，要思考這篇文章要解決什麼樣的痛點，然後要在文章開頭描述一下這個痛點，若讀者看完開頭覺得你命中了他的需求，這時候對方大多會往下看文章。

《真正可怕的是快三十歲了，還不知道自己喜歡且擅長什麼？給你五點建議》的開頭：

三十歲是人生長路的一道坎，「三十而立」——但更多的人，三十歲成了家，業還沒立。比三十歲還沒立業更可怕的是，三十歲了還不知道自己該在哪個行業、哪個領域、哪項技能上立業。這不是製造焦慮，這是每個人在「奔三」的路上必須思考的問題。

《從月薪二千三到年薪五十萬，僅僅用了兩年，他說：你賺錢的方式，決定你的層次》的開頭：

每天朝九晚六，在辦公室做著重複的工作，拿著固定的薪水，望著一眼就看得到頭的未來，你是否想要逃離卻又無能為力？

②展示文章內容的價值

用簡練的語言總結一下這篇文章寫的是什麼，在提煉總結時盡量把文章的精華部分展現出來，讓讀者讀開頭的時候就感覺到很有價值。

《如何聰明安排假期，做真正會休息的高手？六千字給你講透》的開頭：

你好，我是粥左羅，這篇想跟你從技術角度聊聊如何在假期的時候聰明休息。工作的時候天天盼假期，假期結束後大部分人會罵一句：休個假，比上班還累！其實，八〇%的人不知道如何科學休息，就會導致越休息越累，不僅是長假期這樣，周末都是如此。關於假期、聰明休息，我想跟你分享以下七條。讀完這篇，從此學會休息。

《優秀銷售必學：八種方法，快速提升業績》的開頭：

很多銷售新人都很焦慮，迫切想知道如何才能快速簽單，提高工作業績。這篇和你分享，銷售新人提升業績的八種方法。

《一次成功的創業，至少需要十年》的開頭：

本文作者孫陶然，著名的連續創業者，務實、理性，曾寫過暢銷書《創業36條軍規》，可讀性非常高。

與我有關，對我有用

寫文章時可以在開頭直接向讀者表明，這篇文章「是跟你有關係的、是對你有益處的、是涉及你的利益的」等，讓讀者感受到這篇文章「為我而寫，對我有用」。這背後其實是讀者思維。換位思考，如果一個東西跟我沒關係、對我沒用，再有價值我可能也不會看。

《如何在一個領域用三年努力，超過別人十年成長，成為最會賺錢的那二〇％》的開頭：

這篇聊的話題是：進入一個行業，如何在短時間內成為這個領域金字塔上層的高手？能不能把這個問題思考清楚，決定了我們的成長速度。很多人在一個行業工作了五年、十年，依然沒到這個行業的中層甚至還停留在底層，因為他們從來不關心這樣的話題。二〇一七年我做過這個話題的付費直播，這篇我準備用文字更系統、更清楚地寫一寫，希望能給各位一點啟發。

選題和標題決定了讀者是否會點開文章，開頭決定了讀者是否會繼續往下讀文章。如何寫出讓人想要繼續閱讀的開頭？激發好奇心，展示重要性和價值，展示文章與讀者的關聯，基本上一個絕佳的開頭會同時滿足這三點。

4 如何寫結尾，讓人更願意主動分享

寫一篇文章，我們希望讓讀者喜歡、認可、支持，但是前面我們講過了，寫作注定只能是單向溝通，我們需要一些特定回饋來知道我們的溝通效果，比如按讚、評論、分享，這些是最直觀的表現。其中我們最看重的是分享。首先，按讚、評論顯示出來的喜歡認可支援的程度，是不及分享的；分享能為你帶來更多讀者，讓文章價值最大化。

因此寫文章的一個核心指標，就是**看有多少讀者願意主動分享**。如何才能讓讀者願意主動分享，當然主要靠文章本身，但從形式上要特別注意設計結尾，以達到這一目的。

為什麼結尾如此重要？心理學上有個詞叫「峰終定律」，諾貝爾獎得主、心理學家丹尼爾．康納曼經過深入研究，發現人對體驗的記憶由兩個因素決定：高峰時與結束時的感覺。讀者對一篇文章的感受也適用於此，讀完文章後對一篇文章的評價，一方面受閱讀過程中的峰值體驗影響，另一方面受閱讀結束點的影響，也就是對結尾的感受。

當我們費盡心思想了一個好標題，開頭、內容也足夠精彩，讀者饒有興致地一路讀下來，卻發現結尾平淡無味或者草草了事，體驗瞬間「熄火」，這可能會讓我們整篇文章前功盡棄，失去二次傳播的機會。另外從文章框架這個層面來說，結尾是框架的「封頂之作」，也就是最後要完成的部分，寫文章不能虎頭蛇尾，搭框架也要有始有終，最後的結尾部分也可以提前進行規畫設計。

從促進讀者主動分享的角度，我總結三個結尾技巧。

製造共鳴

① 引用金句

金句通常能最大程度地激發大家的共鳴，挑動讀者情緒，是轉發分享最大推動力之一。

《窮是一種病，且很難治癒，這種病叫「以管窺天」》的結尾：

很多人每天只在日復一日重複著，卻幻想自己有一個與眾不同的未來，沒有比這再扯的事情了。

《我月薪只有六千，但真正讓我焦慮的根本不是月薪六千》的結尾：

時代不會為每個個體負責，企業也不會為每個個體負責，真正能對你負責的只有你自己，自強則萬強。

金句放在結尾還有一個好處，讀者可以直接複製這個句子發到社群網站動態，不用去想轉發文案，因此轉發成本更低，更利於轉發。

② 強化主題

提煉一句或幾句話來點一下題，表達整篇文章的中心思想、核心立意和觀點，也就是你寫這篇文章最想表達的是什麼。

《真正會聊天的人，懂得把優越感留給對方》的結尾：

本篇分享的宗旨就是：懂得把優越感留給對方，很多失敗的聊天，都是因為你耽誤了別人的優越感。

《任何成長，都離不開痛苦而持久的自律》的結尾：

自律的人一生可以完成其他人幾輩子都做不到的事情，他們的生活高效、輕鬆、時刻充滿自信和掌控感。別人眼裡的苦行僧，擁有的卻是人生終極的自由。

強化價值

寫文章是為了創造價值，結尾處強化文章價值可以增強讀者的閱讀回報感、獲得感、啟發感。轉發分享這樣的東西，讀者有面子，有優越感。如何強化價值？

① 再次強調文章價值

《這八個頂級工作習慣，你越早養成越賺》的結尾：

工作習慣這件事是說不完的，肯定還有非常多。我能夠提煉出來的、認為對大家最有幫助的，就這八條通用的習慣。這八條習慣在你整個職業生涯裡，很長一段時間都可以反覆練習。把這八條貼在筆記本上、貼在電腦上，每天對照一遍，相信你的進展一定會很好。

《比勤奮更能決定人生財富的，是複利思維》的結尾：

你始終要記得，追求複利的人生，更要看重生活品質，因為只有這樣的人生，才能走得長遠。

② 梳理總結文章重點

《二十五歲任百度副總裁，十六個月後宣布離職，九〇後李叫獸給我們三條啟示》的結尾：

以上就是九〇後李叫獸給我的三條啟示。首先，不管做什麼，不要蠻幹，不要低品質地勤奮，要學會透過策略分析更好地去工作、學習、做事；其次，每個人都應該認真思考個人成長的戰略定位是什麼，你應該揚什麼長、避什麼短；最後，要養成深度思考的習慣，不要輕易給自己答案。希望這三條也對你有所啟發。

《如何加倍提升你的賺錢能力？這是我見過最認真的答案》的結尾：

核心就是三句話：

（1）先把一個能力打造成自己的強項；

（2）讓自己與趣廣泛；

（3）確定一個目標，並把多維能力組合起來。

最後，人生目標很重要，否則你的興趣廣泛，最終也只會變成你的多才多藝……

製造話題

在社交媒體上，話題就是社交貨幣，所以如果結尾可以提供話題，就相當於為讀者提供了社交貨幣，促進文章的傳播，因為大家要借助你的文章去社交、表達、吐槽、討論。

① 強調觀點，尋求認同

轉發分享是一種投票行為，即透過轉發支持認同、相信的觀點、價值觀等。怎麼讓讀者支持你的觀點？反覆提及，開頭的時候提出觀點，中間行文的時候證明觀點，結尾的時候再重點強調一下。

《你朋友很厲害，關你什麼事》的結尾：

少用「我有個朋友很厲害」的句式，你沒能耐、沒談天話題，才會扯自己認識的人有多厲害。生活會告訴你：你的人生，只有靠自己。盡扯別人，是沒用的。

《為什麼越來越多的女人不想生孩子》的結尾：

我們是女性，從生物學上說，我們是具有繁殖能力，但不要隨便用是否繁殖來評判以及綁架我們。讓每個女人都成為想成為的人。

②製造話題，引發討論

製造話題，即創造社交貨幣，讓這個話題成為社交工具，引發讀者和朋友間的自發討論，以促進傳播。

《年輕人，沒事別想不開去創業》的結尾：

最後，如果看完這篇文章你還想創業，你是勇士，那就去吧，愛一個人都有風險，何況創業。

《職場潛規則：領導永遠不會錯》的結尾：

總之，無論你處在職場的哪個層級，都要清楚一點，你所開展的一切工作，如果得不到老闆的支援，那就離打包走人不遠了。老闆的想法要堅決執行，如果老闆的想法是錯的，也要想辦法把它變對。這才是作為員工應盡的本分。

者的轉發欲。

③提出問題，製造參與

結尾拋出一個問題，引發讀者互動、思考、回答，提高讀者的參與感，同樣也能提高讀者的轉發欲。

《三分鐘療癒短片：餘生不長，謝謝你來過》的結尾：

二〇一八年，不管是好是壞，都是你我共同經歷的人生。未來，我不知道將去向何方，但是我已在路上。二〇一九年，你會選擇怎樣的人生？二〇一九，請回答。

《一位外商員工的離職忠告：離開公司，你什麼也不是》的結尾：

當你在公司裡游目騁懷，感慨天高任鳥飛，海闊憑魚躍之時，也要當心被公司捆綁，最終落下個天高任鳥「摔」，海闊憑魚「嗆」。

所以，你要時常問自己三個問題：假設你的職位沒了，你能幹什麼？假設你所在公司沒了，你能幹什麼？假設你所在行業沒了，你還能幹什麼？

從結構上來說，結尾是文章框架的重要組成部分，寫文章不可虎頭蛇尾；從傳播價值上來說，好的結尾是促進讀者主動分享的利器。

如何寫結尾才能促進分享轉發？可以透過**引用金句、強化主題來製造共鳴**，共鳴是分享最大的推動力之一；可以透過**再次強調文章價值、梳理文章重點的方式強化文章的價值感**；可以透過**強調觀點、製造話題、提出問題的方式，為讀者提供社交幣**。

5 設計小標題，大幅提高閱讀體驗

小標題能展現文章的架構和脈絡，是一篇文章的骨架。小標題和大標題相呼應，大標題是對全篇內容的高度概括，是「綱」，各個小標題是從不同角度、不同層面對大標題內涵的展示，是「目」，它們共同服務於大標題，呈現出一種輪輻向心和眾星拱月的態勢。

小標題提升閱讀體驗的五個面向

①增強文章邏輯，表達條理分明

曾經有個做新媒體的朋友跟我一起吃飯時，說過這樣一個觀點：在社交媒體環境中，文章的邏輯不重要了，在這個碎片化閱讀時代，弄一堆哏，配一堆圖，表達一些極端的、能引發共鳴的觀點，讀者有時非常喜歡看。

其實有這樣想法的新媒體人不在少數，但這是個謬誤。越是碎片化時代越需要邏輯。邏輯的含義裡有幾個關鍵字：序列、流動、順序、過程。用我個人的理解，很簡單：邏輯是一種力量，能牽引讀者的思路，一環扣一環地推動讀者不停往下讀文章。

那麼怎麼加強文章的邏輯呢？**列小標題**。很多人定好題目後馬上就動筆開寫，寫出來的文章邏輯混亂，因為寫之前沒有定結構、框架、邏輯，實際上就是沒有列小標題。當然寫之前我們可以列得大略一點，寫完之後再調整潤色，但不能不寫。當小標題安排好之後，文章邏輯性一定更強，表達上更加條理分明，讀者讀起來更加環環相扣，更加流暢，在閱讀過程中能更快、更準確地理解寫作意圖和文章內容，體驗更好。

②吸引讀者，提高文章讀完率

小標題其實就是文章每個部分的概括總結，語言簡潔、有力、吸睛，可以吸引讀者。

大家回憶一下每個人都經常經歷的閱讀場景，當點開一篇文章的時候，你多數是帶著「看一眼」的心態，並非帶著很強的閱讀預期，所以點開後大多並非從頭開始讀，而是先很快地滑動螢幕，看一下小標題。好的小標題，能在每段的開頭就牢牢抓住讀者的眼睛。如果小標題夠吸引人，可能你就會讀完這篇文章。在閱讀過程中，你也會不停被下一個小標題吸引，然後繼續讀，這就相當於小標題勾起你的注意，讓你一步一步讀完這篇文章。如果沒有這些吸引人的小標題，你可能很容易就中途放棄了。

③讓讀者更無痛地理解文章內容

很多時候你將文章發表出來不到一分鐘，就有讀者留言了，而且感覺對方是在認真讀過文章後寫的留言，這是為什麼？其實對方並不是一分鐘讀完文章，而是你的小標題寫得夠好，他掃一眼開頭、結尾和小標題，就完全明白你在講什麼了。即便讀者會通篇讀完文章，小標題也會輔助他理解整篇文章，因為小標題都是根據內容提煉出來的，都是內容的精簡版、濃縮版。好的小標題可以給讀者傳達足夠明確、有分量的資訊，讓讀者在通讀全文前，對文章的主要內容有一個概括性的瞭解，在閱讀全文後留下更深刻的印象，大幅提高閱讀體驗。一個糟糕的小標題會對讀者造成干擾，非常影響閱讀體驗。

④ 控制閱讀節奏，減輕讀者壓力

《紐約時報》調查了二千五百位讀者後發現，長文章更容易被分享，因為長文章訊息量大、內容有深度。但這裡又產生一個矛盾，在碎片化時代，讀者注意力容易分散，看長文章是非常有壓力的。當我在捷運上打開一篇文章，發現洋洋灑灑好幾千字的時候，我可能嚇得直接退出了。但如果這篇文章結構非常清晰，分了幾大塊，每一塊都有一個非常吸引我的小標題，每一塊下面又分幾部分，每部分還有好看的小標題，我可能就沒有壓力了，我會喜歡看這樣的文章。這相當於用五、六個小標題把文章分成五、六個部分，這就是在設計讀者的閱讀節奏，每個小標題結束的時候給讀者一個喘息、停下來思考一下的機會。

⑤ 幫助讀者進行選擇性閱讀

小標題之於文章就好比目錄之於書，讀書和讀文章都不求通讀全文，而是選擇自己需要的讀。小標題就是用來說明這部分內容寫的是什麼，提供了怎樣的認知，在明確閱讀預期的同時把閱讀的選擇權也交給讀者，當讀者不想通讀全文時，可以根據小標題進行選擇性閱讀。比如《首發！羅振宇二〇一八「時間的朋友」跨年演講未刪減全文》這篇文章有四萬字，我相信很多人都沒有時間全部讀完。這篇文章分為八個部分，我看的時候會滑動螢幕，選擇我感興趣的第二部分「小趨勢」和第四部分「非共識」來閱讀。

設計小標題的四個技巧

①搭建文章框架時，直接把核心論點整理成小標題

我們在本章第二節中講了搭建文章框架的相關內容，第一步是確立主題，第二步是根據對主題的理解列出提綱。很多人列了提綱，但寫文章時不用小標題，其實最簡單的寫小標題的方法，就是直接把提綱整理成小標題。當然這還只是一個相對粗糙的小標題，我們會在此基礎上，在寫作過程中不斷修改。

②根據整篇文章和每一部分的素材，修改完善小標題

寫完整篇文章後，我們要對小標題進行一次調整。舉個例子，比如寫《我見過情商最低的行為，就是不停地講道理》時，我是這麼修改的。

第一，我要根據每個部分的素材對相應的小標題進行修改。這篇文章的第二個小標題本來是「高情商的父母少和孩子講道理」，但在寫作過程中我又加入了新素材，反向論述孩子也不要跟父母講道理，所以根據素材，原來的小標題就不完整了，因此我將其改成「高情商的父母少和孩子講道理，高情商的孩子少和父母講道理」。

第二，我要讓所有的小標題在整體上看起來更順暢。剛開始寫文章搭框架時，我的第一個小標題是「管人的本質，就是管理情緒」，第四個小標題是「真正聰明的人，不跟傻瓜講道理」，但是寫完整篇文章後我想統一從情商這個角度切入，所以我將第一個小標題改成「高情商的老闆少跟員工講道理」，將第四個小標題改成「高情商的人不跟傻瓜講道理」。

③ 多安排小標題

為什麼要多安排小標題？如果寫一篇很長的文章，比如一萬字，卻只有兩三個小標題，相當於每個部分有三、四千字，那麼我們前面說的小標題提升閱讀體驗的作用就失效了。當然這裡講的「多」是相對的，不是越多越好。那怎麼拿捏呢？如果非要給出一個長度的建議，我建議兩個小標題之間不超過兩個手機螢幕，大概就是正常手握的手機，然後拇指滑動螢幕，使用者每滑動三、四下就會看到下一個小標題，盡量不要超過五下，如果圖片特別多的話另當別論。

④ 設置多級小標題

前面提到要多安排小標題，其實也可以藉由設置多級小標題來將內容分塊，即給文章設置一級標題、二級標題、三級標題，進而提高閱讀體驗。如果設置多級標題的話，上面剛講的兩個小標題之間盡量不超過兩個手機螢幕長度的標準就不用遵循了，因為下面還有二級、三級標題。涉及一件事的原因、經過、方法、結果、影響等這種類型的描述，都可以梳理出幾點，設置小標題。就像前文提到的《首發！羅振宇二〇一八「時間的朋友」跨年演講未刪減全文》這篇文章有四萬字，分了八個部分，相當於每個部分有五千字，所以每個部分下又分了很多小部分，讓整篇文章的論述更清晰。

設計小標題的四個注意事項

①小標題必須符合主題

小標題的作用就是將若干圍繞中心選用的、典型的、能顯示作者獨特視角及立意的材料，分別整合在幾個標題下，組接成篇，大標題和小標題之間是主從關係。因此小標題是否符合主題，是檢驗一個小標題是否合格的最基本標準。

②小標題之間要有邏輯

這是非常重要的，怎麼驗證呢？當寫完文章小標題且安排、調整好之後，把小標題全部拉出來按順序放，從上往下讀一遍就可以知道有沒有邏輯，如果沒有，繼續優化。我們上面講了，邏輯是一種力量，能引導讀者，也就是說這種力量是持續的，所以如果文章沒有邏輯的話，一是呈現混亂，二是讀者看的時候容易卡，不流暢。

③小標題要長短適中

傳統媒體寫小標題的時候喜歡特別短的，恨不得一個小標題一個字，比如「春、夏、秋、冬」這種。按照我上面對小標題作用的理解，其實新媒體時代的文章不用太強求簡潔、凝練，能把事情說清楚、能幫讀者理解內容、能吸睛反而是第一需求。如今大家閱讀基本上都是在手機端進行的，因此在標題長度上有個大標準：手機螢幕五吋左右的，用十四至十六級的字、不超過兩行就可以，超過兩行就太冗長了。

④ 小標題排版要吸睛

我前面講到的小標題的幾個作用，其實都要求小標題要吸睛。除了語言文字本身，在視覺呈現上也要吸睛，這其實就表現在排版上，例如給小標題加粗、加大字級、標上顏色、居中，或用更吸引人的排版格式等。

相比小標題的設計技巧，我覺得更應該深刻理解小標題提升閱讀體驗的五個體現，因為當真正感受到小標題的強大作用的時候，自然而然地會主動斟酌應該怎麼寫小標題，且可能比我歸納出的還要好得多。

7 Chapter

成稿能力

完成比完美更重要

1 為什麼不能等想清楚了再寫

我寫作三年，最大感受就是寫作不能等待。有時候我想寫一篇文章，然後就一直想一直想，半天過去了卻一個字都沒寫。馬雲在一次演講中說：「創業者就是要在一切都未就緒的時候去作。如果什麼事情都準備好了，我就不會成功了。」

寫作也是如此，不能等想清楚了再寫。為什麼？下面是四點原因。

寫作是動態過程，根本想不清楚

不能想清楚了再寫，最根本的原因是，根本就沒法想清楚。

財經媒體人王爍說過，思路本來就是發散、斷片化的，所以不要指望先在頭腦中完成創作，然後「下筆如有神」。對大多數人來說，最好的辦法是，隨時隨地將斷片的思路和靈感落於紙上，為大腦減壓，再在紙上完成整合。

所以，「想清楚」這件事在寫作中是不存在、不可靠的。寫作是一個動態過程，只能在寫的過程中想清楚，如果不去寫，我們不知道在寫作過程中會遇到什麼問題。

而且你一直想，不落筆記錄，你的大腦負荷會越來越重，很容易把稍縱即逝的想法忘掉。你可能有過這樣的感受：某天，突然有一個想寫的題材，或者產生寫作念頭，然後在心裡不停論證，反覆思量，結果越想越沒有頭緒，或者被什麼事情轉移了注意力，之前的「靈感」就怎樣也想不起來了。

另外，一旦開始寫，就會不斷找新素材，組合資訊。這個過程會觸發你很多新靈感，如果不動筆寫就不會有這些靈感，所以不要過於沉浸在想法當中。

寫作者都有拖延症，想多久就會拖多久

寫作者都有拖延症，之所以會得拖延症就是因為只想不寫。治療寫作拖延症最好的辦法就是寫下第一句，寫下第一句就會有第一段，寫下第一段就會有第二段。

「想清楚再寫」，是大多數寫作者最常用的拖延藉口，想一百句，不如寫下一句。美國作家傑克．倫敦（Jack London）說過：「不能等靈感來找你，你得拿著棍棒去找它。」只要開始寫，你就停止了拖延。

高效寫作中最重要的思維是「推進思維」，不要站在原地，要一直往前「拱」。寫作不一定是要從第一句寫到最後一句，我的寫作習慣是，我開始寫作後，哪個點推進得更快，我就先搞定它。比如我列出提綱，覺得第三部分容易寫，我先寫第三部分；我突然想到了如何

寫開頭，我就馬上去寫開頭；如果寫第二部分時遇到困難，我就會停下，看看是否可以先寫其他部分。寫內容寫不動了，我會繼續推進其他部分，如改改標題、找找配圖、想想小標題等。不要停下來發呆，要一直往前推進，這樣會大幅提高寫作效率。

只有開始寫，才能擺脫寫作恐懼

大部分寫作者都有寫作恐懼症，只不過有的嚴重，有的輕微。我寫了三年，每次要寫一篇長文時也會充滿恐懼，因為不管寫了多久，寫作從來不是一件容易的事。寫作是一件從無到有的創造過程，這個過程沒有捷徑，要不停地思考，要一字一句地寫。這個過程是漫長而痛苦的，充滿自我懷疑和自我否定。

寫作之難，難在開始。耶魯世界學人[1]的寫作培訓課提供的克服寫作恐懼症的祕訣是：告訴自己，坐下來，只寫五分鐘就好。

擺脫恐懼最好的辦法是面對恐懼，恐懼只會隨著時間的拖延越來越嚴重，但只要開始寫，就可以很快忘記恐懼。因為恐懼是一個抽象的東西，當開始寫之後，面對的都是具體的東西：怎麼寫好一句話，怎麼解釋好一個概念……我們在處理具體的事情時會忘記恐懼。

有的人的寫作恐懼是害怕寫不好，這更沒必要。寫不好很正常，沒什麼大不了的。很多人之所以害怕寫壞，正是因為這種想法在作怪，所以才遲遲不敢開始寫。有經驗的作家告誡我們：要有勇氣寫壞。

先完成再求完美，先寫完再修改

完成和完美哪個更重要？當然是完美。但是要先成稿，沒寫出來的文章都不能稱為文章，只能算內心的想法。你要寫文章，就要把內心的想法透過文字表達出來。沒有具象的文字，又如何去評判抽象想法的好壞，如何進行修改？

有句話說，先行動起來，就成功了一半。寫作亦是如此，沒有人能一步到位寫出完美的文章，好文章是改出來的。

魯迅寫完散文《藤野先生》，修改了一百六十多處，《墳》的題記全文只有一千多字，他也改動超過一百次；曹雪芹寫《紅樓夢》，披閱十載，增刪五次；海明威寫《老人與海》，改了兩百多遍才付印。

對於寫作，我們不能想清楚了再動筆，因為是想不清楚的；寫作是動態的過程，我們只能在寫作過程中想清楚；動筆開始寫是治療寫作拖延症、恐懼症最直接有效的方式；寫作要遵循先完成再完美的原則，先成稿再修改。

1 每年從全世界選成就與背景都不同的十多人，把他們放在耶魯大學，互相交流學習。

2 如何進行加法寫作，提高資訊總量

在本書第一章中，我們分享了好文章的判斷標準，其中一點就是資訊總量大。什麼是資訊總量？一篇文章提供了多少知識、多少認知，解釋一個概念夠不夠全面，描述一個故事夠不夠詳細等，這些都是文章的資訊總量。整體來說，資訊總量就是你文章的厚度。

為什麼資訊總量重要？這個時代什麼最貴？讀者的時間最貴。寫文章想要獲取讀者更多的時間和注意力，就要提供訊息量足夠大的內容，短平快的內容能提供的訊息量是有限的，所吸引的讀者的注意力也是有限的。

另外從分享的角度來說，訊息量不足的內容可能意味著價值不夠大，讀者分享的動機就會弱很多，這勢必影響文章的傳播和價值最大化。

如何提高文章的資訊總量呢？學會**加法寫作**。

寫作是一個先做加法、再做減法的過程。加法寫作是為了提高文章的資訊總量，減法寫作是為了提高文章的價值密度。下一節將討論減法寫作，我們先講如何加法寫作。

不該省略的資訊，要補上

文章的訊息量源自內容，夠多的訊息量就要有夠多的內容支撐，不是說要用內容來湊訊息量，而是要把該寫的寫完整。假如拋出一個陌生概念卻不解釋，提及一件事卻又沒說明白，提到一個人卻沒說是誰……都會讓讀者的閱讀體驗糟糕透頂。

我寫過一篇文章《年輕人，別忙於建立人脈，又急於毀掉人脈》，其中第四部分的開頭是這麼寫的。

談到人脈，大家想的幾乎都是，如何與比自己厲害的人建立連結，即如何向上建立人脈？所以我們先來講講如何向上建立人脈。怎麼做？利用比較優勢。

寫完這些，接下來應該怎麼寫？很多人就會直接去寫利用比較優勢向上建立人脈的具體做法。但我沒有這樣寫，我認為「比較優勢」是一個很多人還不熟悉的經濟學概念，所以對這個概念的解釋不該省略，要補上。所以，我接下來是這樣寫的。

什麼是比較優勢（comparative advantage）？

比較優勢是指一個生產者，以低於另一個生產者的機會成本，生產一種物品的行為。

寫到這裡，我認為「機會成本」這個詞的解釋也不該省略，否則很多人讀到這裡就會卡。所以，我接下來寫的是這些。

什麼是機會成本？我們每人的時間、資源都是有限的，同一份時間，你用來做這件事，就沒機會用來做那件事。

比如我要用兩個小時對文章進行排版、校對，我這兩個小時就沒機會用來寫新的文章。所以，我排版、校對的機會成本，就是失去了用那兩個小時寫文章的機會，這意味著機會成本很高。但是對一個剛入行的新媒體小編來說，他排版、校對的機會成本就沒有那麼高，反正他把那兩個小時用來寫文章，也創造不了更高的價值。

因此，這個小編在排版、校對上就有比較優勢。

不該省略的，要補上，一是可以提高文章的資訊總量，二是可以使讀者的閱讀體驗更好。不該省略的地方省略了，讀者讀的時候就會產生一團一團的疑問，閱讀流暢度不夠，讀者就容易失去耐心，甚至直接停止閱讀文章。我們在生活、職場中溝通時，也要記住這一點。大家都有這樣的經歷，對方跟你說了一件事，你聽完一臉茫然，問對方「你說什麼啊」，然後對方向你解釋了，你才明白。其實就是對方知道他在講什麼，以為你理所當然地也知道，所以把一些背景資訊都省略了，進而導致這種情況。

在社團裡，有些朋友的提問也經常把不該省略的內容省略了。比如有人問：「我現在面臨兩個選擇，一是繼續待在目前這家公司，看看有沒有升職、加薪機會，另一就是加入一家新公司，對方給出一．五倍的薪水，請粥老師給點建議。」我能給什麼建議，因為省略了兩個選擇的優劣勢說明，我又不是對方肚子裡的蛔蟲，哪會知道。

已有的資訊，要詳細

對於暫缺的內容，我們要補上；對於已有的內容，我們要詳細闡釋。為什麼要詳細闡釋呢？我們是不是會經常遇到類似下面的情形。

在跟朋友聊天時，不經意間說了一件有關老闆的趣事，講了一個與同事有關的八卦，叨念了一個網路上剛爆出的新聞，聊了一下你的前男友……朋友抬起頭說：「來來來，可以再詳細說一下……」

當我們要瞭解某件事時，總希望得到更多細節，除非不感興趣，否則肯定會覺得知道得越多越好。當我們向別人請教一些方法、經驗時，我們也希望對方盡可能詳細講解；我們會認為越詳細，自己會理解得越好。

我寫過一篇文章《致知識付費從業者們：羅振宇們靠不住，薛兆豐們靠不住》，其中的一個點是這樣的。

我更覺得知識付費是在交經驗費。比如我講寫作課，其實有很多比我聰明很多倍、成就也比我高的人聽我的課。因為我寫了三百萬字，研究了三年，天天研究，在寫作這件事上我暫時比他們有經驗，但我明白，很多人之後會比我寫得厲害。

對於這點，我原來就寫了這些，後來覺得不夠詳細，就又加了如下兩段。

第一，任何一個行業，入場有先後，後入場的為了少走彎路，交一點費用，看看前面的人，特別是做得好的人的經驗教訓，是很划算的。

第二，這個社會分工會越來越細，但要求人的綜合素質越來越高，我們不可能什麼都自己研究方法。一個人每年拿出半個月到一個月的收入，去買各行各業達人的經驗，然後內化利用，是最高效的成長方法。我自己研究新媒體、研究寫作，但是對於經濟學、行銷、品牌、心理學等，我都得去買別人的經驗，為己所用。

如果寫到一個重要的點，就一定要詳細闡述，這樣讀者閱讀體驗才會更好。

如果要分析一個原因，就一定要預先說明狀況，要讓讀者理解現狀，然後再分析原因。

如果寫的是一個故事，故事的精彩之處就是人物的表現和解決問題的過程，切忌將這些一筆帶過。就如同看一部電影時，正看到精彩的部分，那種突然變黑跳轉到其他畫面的情形，是不是特別讓人討厭？

增加論點面向

同樣寫一個觀點，你能從五個面向去論證，別人只能寫出三個；同樣一件事情，你能從五個角度去解釋，別人只能解釋三個角度，那你的文章就贏了。誰能提供更多有價值的面向，誰的文章訊息量就更大。比如我的爆紅文章《我見過情商最低的行為，就是不停地講道理》的題目就是我的核心論點。為了充分論證這句話，我找了五個面向論證：

（1）情商高的老闆，少和員工講道理
（2）高情商的父母少和孩子講道理，高情商的孩子少和父母講道理
（3）高情商的愛不講道理
（4）高情商的人不跟情商低的人講道理
（5）高情商的人不跟朋友講道理

其實寫作課也一樣。像是本書開始時介紹「為什麼人人需要寫作」，我找了六個角度來解釋。

（1）寫作是最重要的生存技能
（2）寫作是促進成長的絕佳方法
（3）寫作是學習效果的放大器
（4）寫作是個人能力的放大器
（5）寫作可重複銷售自己時間
（6）寫作是抗攻擊性最強的技能

因此，增加論點面向是加法寫作時，提高資訊總量的絕佳手段。

增加論據數量

上面是從論點面向討論如何增加文章資訊總量，而論點需要什麼來支撐？當然是論據，所以寫論點就必然要寫論據，那加法寫作是不是也可以通過增加論據數量來完成？當然可以。不僅可以，還是相對來說最容易學會、最容易執行的技巧。你寫一個觀點、道理、概念時，只寫一個案例可能太單薄，可能需要兩個甚至三個不同的案例。

在我的文章《真正會聊天的人，懂得把優越感留給對方》中，有一部分是講「如何才能自己少展示優越感，把優越感留給對方」，其中的一個觀點是「你有的，對方沒有，少做展示」。為了解釋這一觀點，我舉了五個例子。

如果對方比較胖，你就別老說自己都快一百公斤了怎麼辦啊。
如果對方身高不高，你就別老說身高這個話題。
如果對方學歷不高，你就別老說學歷這個話題。
如果對方是農村的，你就盡量別談種田怎樣怎樣。
如果你在大城市居住，對方是外地人，你就少說外地人怎樣怎樣這種話題。

再比如在《致知識付費從業者們：羅振宇們靠不住，薛兆豐們靠不住》一文中，我要論證「再好的方法都不能適用於所有人」，舉了《刀塔傳奇》創始人的例子，然後覺得還不夠充分，又加了自己老闆的例子，兩個例子可以讓讀者理解得更到位。

充足的文章資訊總量對讀者而言意味著更好的閱讀體驗、更高的閱讀價值、更強的轉發動力。要提高文章資訊總量，我們可以從四個方面入手：不該省略的訊息，要補上；已有的資訊，要詳細；增加論點面向；增加論據數量。

3 如何進行減法寫作，提高價值密度

寫文章是先做加法，再做減法的過程。大多數人因為沒意識到這一過程，或者因為懶，做完前半部分，就把文章發出去了。做加法是為了提高文章的資訊總量，做減法是為了提高文章的價值密度。什麼是價值密度？就是在單位時間內、單位篇幅內，比如一分鐘、手機螢幕內，你能提供多少價值。價值密度越高，讀者獲取價值的效率也就越高。

在學習寫作的過程中，有一段話對我啟發很大，我一直收藏著。

很少有人意識到自己寫得有多糟。沒人告訴他們，他們的風格中擠入了多少多餘或晦澀的成分，以及這些成分又是如何阻礙他們的表達的。如果你給我一篇八頁長的文章，我會幫你刪減到四頁，你可能會大叫說這是不可能的。然後你回家照做，發現文章確實變得好多了。接下來才是難辦的部分：繼續減成三頁。

現今是一個內容供大於求的時代，讀者不想花太多時間去看一篇文章，更不想花時間看一篇價值不高的文章。如果說資訊總量小的文章是不值一看的，那價值密度低的文章會讓人感到是在浪費生命。如何藉減法寫作提高價值密度？可從以下三點思考。

聚焦主題，刪掉無關內容

減法寫作，先減大，再減小。減大是從文章整體入手，減小是從詞句細微處入手。所以減法寫作的第一步是聚焦主題，刪掉無關內容。

在寫作過程中，我們會從個體經驗和外部經驗的八個管道搜索大量相關素材，然後在寫作中盡可能地穿插運用，同時還要進行加法寫作，這是個很好的習慣，是提高資訊總量的必經之路。但是寫完之後，我們還要做一次大刪減，不是刪幾個字詞或者其他小細節，而是整體審視：先明確本篇文章的核心主題是什麼，然後一邊在心裡想著這一主題，一邊從頭到尾快速重讀一遍文章，但凡遇到對主題沒說明的論點、論據，都果斷刪除，哪怕很精彩，也是累贅。

一定要記住一句話：**一篇文章好看，不是因為每一段好看，而是整體好看**。好看的文章之所以好看，是因為從頭到尾環環相扣，步步推進，中間沒有累贅。每一個累贅，都會減弱整體的邏輯、流暢感、價值密度，也容易讓讀者「出戲」。

二〇一八年四月五日，我寫的一篇文章《套現十五億現金後，摩拜八〇後創始人留下二條人生潛規則》突破一百六十萬的閱讀人次。

這篇文章的主角是摩拜創始人胡瑋煒。二〇一六年年底，我曾寫過另一篇關於她的千萬級閱讀量的文章——《摩拜單車創始人胡瑋煒：如果失敗了，就當做公益》，因此對她的創業故事非常熟悉，但這次寫文章時我幾乎都沒有用。為什麼？因為我的論點是「人生邏輯大於商業邏輯」。我寫的論點和論據，到最後都落在文章的一句話上：以上各個節點，我都沒有看到這個八〇後女孩是在衡著錢做選擇。然後以此引出我的核心論點：人生邏輯大於商業邏輯。這樣就非常流暢，沒有任何累贅的內容，邏輯上也具有說服力。

我因這一技巧受益匪淺，在自己的公眾號上寫的很多文章都採用這一技巧，像是《俞敏洪：我整整自卑了十年，自卑比狂妄更糟糕》一文，我在論點、論據方面都只選俞敏洪與自卑自信有關的素材，有關他的其他經歷再精彩我也不用。當然，這些內容在之後寫其他主題的時候可以使用。

讀者之所以會點擊你的文章，是因為你寫的主題是他想看的。如果讀者點進來發現裡面很多內容與主題無關，那你的文章對他來說就是價值密度低的、沒有閱讀價值的。減法寫作會時刻提醒我們要聚焦主題，不要貪多，不要節外生枝。

優化重複表達

重複是最大的囉唆，是文章價值密度的毒藥，也是我們最容易犯的毛病。沒人喜歡看一篇又臭又長的「裹腳布」。我們看到那些經常重複表達的文章，面對那些喜歡重複表達的聊天對象，內心經常崩潰：你怎麼又說了一遍？你不是剛說了這一點嗎？

重複表達主要有五類。

① 相近的觀點

我最初寫《我見過情商最低的行為，就是不停地講道理》一文時，列了兩個論點。

第一個論點是：情商高的老闆，少跟員工講道理。

第二個論點是：情商高的老闆明白，管人就是管情緒。

最後，我發現解釋和案例都差不多，觀點太相近，有重複表達嫌疑，所以就把這兩個論點合併為一個。

② 同質的案例

什麼是同質的案例？我寫《我見過情商最低的行為，就是不停地講道理》一文時，其中要寫的一點是：高情商的父母少跟孩子講道理。

按照加法寫作的技巧，我可以舉兩個案例。我可以舉一個父母和成年子女的例子，再舉一個父母和上小學的孩子的例子，這樣沒問題。如果我舉兩個都是父母和小學生的例子，就是案例同質化。如果兩個都是小學生，一個是國內的、一個是國外的，就又沒問題了。總之，我們用多個案例論證同一個觀點時，幾個案例的面向一定要不同，這樣更有說服力。

③不同說辭表達同樣意思

以前為了應付八百字的作文，有人一度採用「短話長說」「一句話說兩遍」的技巧。現今，為了讓文章看上去「充實」，我們也經常故技重施，以不同的說辭表達同樣的意思，囉囉唆唆好幾段，看上去訊息量很大，但讀起來卻乏味空洞。

舉一個社團成員的例子，他在分享的一篇文章的開頭寫：

在這個社團，文章的按讚和評論能給我們最直接的回饋，幫助我們判斷文章品質的好壞。每一個網友的按讚和評論都像是教練或導師給我們的即時回饋。

這段話的毛病就是重複囉唆，前一句是說文章的按讚和評論是回饋，後一句又說按讚和評論像是教練和導師的回饋。留一句就夠了，重複並沒有增加訊息量。

④不言自明型重複

不言自明型重複指的是兩句話有暗含關係，一句話的含義隱含在另一句話裡，如果表達了其中一個分句，另一個分句就是理所當然的。例如下面幾種情況。

我每次買東西的時候都喜歡殺價，用更低的價格買。

我希望明年月薪從五千元漲到八千元，每個月可以多賺三千元。

你不要等我下班之後再過來找我，最好能在我下班前過來。

這些都是不言自明型重複，廢話連篇，優化一下只說一次即可。

⑤鏡像重述

鏡像重述，指的是簡單地用肯定和否定的形式表達同一個意思。

我們最好七點鐘準時到咖啡廳，不要遲到。（準時到，不要遲到，鏡像重述）

情商高的人懂得把優越感留給別人，不會光顧著自己「秀」優越感。（懂得，不會，鏡像重述）

寫完文章檢查的時候，遇到鏡像重述的內容，留下一種表達就可以，除非前後表達手法變了，增加了說服面向，否則就是囉唆。一句話能說清的事，盡量不要用兩句，一分鐘能傳遞的資訊，就不要分成兩分鐘，除非有資訊增量，否則別重複、別囉唆。

從頭到尾精簡每一句話

關於減法寫作，我在開頭分享了一句對我啟發很大的話，現在分享第二句：

好的寫作祕訣，是把每一個句子都剝得很乾淨。有一千零一種減弱句子力度的累贅物，比如每一個無用的詞、每一個可被簡化的詞、每一個已由動詞表達其義的副詞、每一個要讓讀者猜測始動者的被動結構。

我第一次讀到這句話時，感覺被打了兩巴掌，後來變成我修改文章的一個準則。我曾經為一位作者改稿，發現主要問題就是句子不乾淨，可以刪減的字、詞、句太多。一篇三千字的文章，光是把累贅無用的字詞刪一刪，也能刪掉三、五百字。但刪完之後再讀一遍，文章一下子就變得乾淨、俐落、有節奏了，閱讀體驗也大幅提升了。實際上怎麼刪累贅無用的字詞呢？

①不必要的代稱

原句：周末和朋友吃飯，他跟我說最近因為遭遇公司減薪，所以心情很差。

改後：周末和朋友吃飯，他說最近因為遭遇公司減薪，所以心情很差。

原句：原以為聽了我的這番話，朋友可以就此釋懷。
改後：原以為聽了這番話，朋友可以就此釋懷。

②刪掉不必要的因果詞

原句：周末和朋友吃飯，她說最近因為遭遇公司減薪，所以心情很差。
改後：周末和朋友吃飯，她說最近遭遇公司減薪，心情很差。

原句：他們吃完飯後去打球了，我沒有去，因為我頭暈。
改後：他們吃完飯後去打球了，我頭暈，沒去。

原句：公司很多員工忍受不了新主管的苛刻，以致相繼離職。
改後：公司很多員工忍受不了新主管的苛刻，相繼離職。

③多刪一點「的」「是」「了」

原句：我和新來的大學生享受同級的待遇。
改後：我和新來的大學生享受同級待遇。

原句：可是沒過幾天／但是沒過幾天，朋友還是向公司遞交辭職申請。
改後：可沒過幾天／但沒過幾天，朋友還是向公司遞交辭職申請。

原句：但這種員工，即便是跳槽到了別的單位，問題依然不會少。
改後：但這種員工，即便跳槽到別的單位，問題依然不會少。

④刪掉累贅詞

原句：前段時間因為採訪的緣故，我認識了一個名叫粥粥的餐廳店長。
改後：前段時間因為採訪，我認識了一個名叫粥粥的餐廳店長。
再改：前段時間採訪，我認識了一個名叫粥粥的餐廳店長。
再改：前段時間採訪，我認識了一個叫粥粥的餐廳店長。
再改：前段時間採訪，我認識了個叫粥粥的餐廳店長。
再改：前段時間採訪，我認識了個餐廳店長，叫粥粥。

一篇文章價值密度低，通常表現為內容與主題無關，表達重複囉唆。因此，要提高文章的價值密度，要先減大再減小，先從整體入手，聚焦主題，刪掉無關內容，優化重複表達，再從細微處入手，從頭到尾精簡每一句話。

4 如何讓文章邏輯嚴謹，增強說服力

為什麼我一直強調寫作要有邏輯？有邏輯的意義是什麼？邏輯嚴謹，就是順理成章、條理清晰、符合規律，意義就是讓人信服。如何做到邏輯嚴謹？

結論先行

如何讓自己的表達更有邏輯？如果要我只給一條建議，那就是結論先行。沒有哪一條比這條更重要。什麼是結論先行？就是先說結果，再說原因；先說目標，再說方法；先整體說，再展開說……這是我們在進行任何表達時需要遵循的第一個原則，會讓你的邏輯更清晰。例如下面這種情況。

上午九點半，小A要去中國移動見客戶，下午四點小B要去上海出差，小C下午一至兩點要用會議室。哦，對了，小A大概中午十二點回來。老闆，我把會議給安排在下午兩至三點了。

按結論先行的方式修改是這樣的。

老闆，我把會議安排在下午兩至三點了。是這樣的，上午九點半，小A要去中國移動見客戶，大概中午十二點才回來，下午四點小B又要去上海出差，然後中間一至兩點小C還要用會議室，所以安排在下午兩至三點是最合適的。

很多爆紅文章也採用這樣的表達邏輯。比如《我喜歡這個功利的世界》一文，開頭先說結果：「同學會是這個世界上最噁心的發明。」之後文章開始鋪陳為什麼會有這句話，整篇文章就這樣循環講述。其實所有事情的發生都是從因到果，從過程到目的，從方法到成績。我們梳理事情時也是如此，但當我們表達出來的時候就要全倒過來。所以寫文章時一定要記住一句話：用演繹推理來構思，用歸納推理來呈現。

歸納分類

沒有歸類，就沒有邏輯。如果你媽媽要你去超市買東西，對你說：「你要買一斤馬鈴薯，牙刷再買兩支，瓜子你看著來兩袋。哦，對了，洗髮精要買一大罐，另外再買點芹菜。韭菜如果新鮮，也買一斤，別忘了買洗面乳和可樂，對了，還有洋芋片。」你聽完後可能把八成的內容都忘了，為什麼？因為沒有邏輯。為什麼沒有邏輯？因為沒有歸類。

歸納過的邏輯表達應該是這樣的。

你今天幫我買三類東西——蔬菜、零食和盥洗用品。蔬菜，你就馬鈴薯、芹菜、韭菜各買一斤，買的時候看看新鮮不新鮮；零食，記得買瓜子、洋芋片、可樂；盥洗用品要兩支牙刷、一大罐洗髮精、一瓶洗面乳。

對於很多人寫的文章，為什麼讀者看了覺得特別混亂？這是因為作者提供很多資訊，但是沒有歸納分類。我寫過一篇數百萬傳播量的文章《劉強東：有這七種特質的人，我一定重用》。這篇文章贏就贏在我對資訊的歸納分類處理能力上。劉強東在他的書、外部演講、內部講話、媒體採訪中，多次講述他的用人策略。但是要問劉強東的用人標準是什麼、有哪幾條，大家都回答不上來。因為劉強東雖然一直在說這個問題，但從來沒有歸納分類明明白白地講過，這就是我的機會。我大量閱讀了關於他的內容，然後把他的用人標準歸納成七條，邏輯清楚，讀者看的時候一目了然。這就是歸納分類的邏輯力量。

比如寫一篇如何分析公眾號後台資料的文章，文章主題內容就應該先把所有資料歸納分類，再分開講。你何以分三大部分：使用者增長資料、使用者互動資料、閱讀量資料。然後針對每個部分再分開講。千萬不要一下講點擊率，一下講取得關注率，一下講按讚率。

如何判定自己的分類歸納是否做好了呢？有一條標準：**相互獨立，完全窮盡**。以寫一篇實用性滿滿的文章為例，分析如何選擇一家公司，寫了下面四點。

第一，要看公司給你的薪資水準。
第二，要看你在公司的晉升前景。
第三，要看你是否符合它的企業文化。
第四，要看你是否認同它的價值觀。

你會發現，三和四就不是相互獨立的，有重疊，所以這種分類歸納的結果並不恰當。像是學校開會，身為主持人，你說：「下面有請大學生代表、研究生代表、留學生代表分別致詞。」這樣也不好，因為留學生本來也分大學生和研究生。你可以先分大類，國內學生和留學生，然後再分大學生和研究生。

對於「相互獨立」，必須要做到；對於「完全窮盡」，盡量做到就可以了，因為很多時候這一點並不是必須的。比如劉強東的七條用人標準，真的只有七條嗎？不一定。必須要寫完整嗎？也不一定。但是你寫的這七條要做到相互獨立，如果發現其中一條可以包含在另一條裡，那就可以優化成六條。

調整順序

我們先做一個小測驗，請嘗試記住我接下來要說的十六個數字：8341257613425768。你可能根本記不住。

我再說十六個數字，你看能否記住：1234567887654321。

這次你一定能記住。為什麼同樣是十六個數字，第一種記不住，第二種能輕易記住？因為第二種按照特定的邏輯進行了排序。

很多時候，邏輯就是資訊的排序。李叫獸在講表達邏輯時分享過一個例子。

王子說服父皇，迎娶鄰國公主，他們生活美滿。幾個月前王子跟女巫進行曠世決鬥，最終殺死女巫。在這之前，王子每天辛苦練習劍法，用劍能力不斷提升。因為之前這個女巫不允許王子和公主戀愛，這讓王子想除掉這個女巫。對了，故事發生在一個古老的王國。

我想很多讀者聽完都是一臉茫然，因為資訊非常雜亂。

我們僅僅透過對資訊重新排序，就能讓這個故事簡單、清晰、容易理解。

從前有一個古老王國，該國王子愛上鄰國公主。但是邪惡的女巫不允許王子和公主在一起。那怎麼辦？王子透過各種方法和公主在一起：提高自己的劍術，獲得和女巫決鬥的能力；與女巫決鬥，殺死女巫；說服父皇，最終迎娶鄰國公主。

資訊排序有沒有方法？我總結出五種常用方法。

①按重要程度排序

從關鍵資訊到次要資訊，依次說明。比如填報高考志願，按重要程度先填城市，再填學校，最後填科系。

②按因果關係排序

如我隨手寫一段如下：

果：粥左羅畢業第四年，賺到第一個一百萬。

因：他掌握這個時代普通人逆襲性價比最高的技能——寫作能力，並因此進行內容創業，創辦自己的公司。

因的因：從二〇一五年進入新媒體行業做小編起，他從未停止練習寫作，三年多寫了三百多萬字。

這種順序就是先拋出一個最終結果，之後一步一步地往前寫原因，環環相扣，讓人讀了停不下來。

③ **按結構關係排序**

按內外關係，先寫成功的內部原因，再寫成功的外部原因。

按上下關係，分析一家公司的經營管理，先分析創始人、高階管理層面，再分析中層管理層面，最後分析普通員工層面。

按整體和局部的關係分析二〇一九年形勢時，先分析世界形勢，再分析國內形勢，之後按產業分析。

按並列關係，分析一家公司的架構，可以並列分析人力資源部、行銷部、法務部、財務部、後勤部、公關部等。分析「為什麼高情商的人不講道理」，可以並列分析員工和老闆之間、父母和子女之間、夫婦情侶之間、與情商低的人之間、朋友之間的關係等。

④ **按時間順序排序**

時間順序是一種使用最廣泛且最容易理解的邏輯順序。我寫個人經歷時經常使用時間順序，這樣有助讓脈絡清晰。

二〇一五年加入創業邦，二〇一七年進入線上培訓機構插坐學院，二〇一八年辭職開始創業。這就是一種時間邏輯順序。

或者是，畢業第一年……畢業第二年……畢業第三年……

⑤按推進步驟排序

按照方法的實現步驟、事情的推進步驟依次表達即可。

比如，把大象裝進冰箱只需要三步：第一步，打開冰箱門；第二步，把大象放進冰箱；第三步，關上冰箱門。這是按照行動步驟表達。

又如，第一部分寫從小編到主編，第二部分寫從主編到內容副總裁，第三部分寫辭去內容副總裁職位進行內容創業。

刪減訊息

刪減資訊和邏輯嚴謹有什麼關係？有個詞叫「邏輯干擾」，而刪減資訊就是為了減少邏輯干擾。舉一個生活中的案例：為什麼在電影院看電影要把燈都關上？因為這樣能讓注意力全部集中到螢幕上。

寫文章也是一樣的道理。想讓讀者把注意力聚焦在你闡述的主題上，就要把雖然好看但跟主題不相關的東西統統刪掉。你想讓讀者把注意力聚焦在你表達的某個觀點上，就要把所有跟這個觀點無關的資訊統統刪掉。這是我寫文章時最常用的方法。我在寫《俞敏洪：我整整自卑了十年，自卑比狂妄更糟糕》一文時，寫了俞敏洪被歹徒綁架的故事，但寫完後發現故事跟主題沒關係，不能讓讀者聚焦在自卑、自信這個主題上，所以即便那個故事很精彩，我最終還是刪掉了。

對於這一點不需鋪陳講太多，我們可以多參考減法寫作的第一個技巧，道理是一樣的。只不過這裡要提醒各位，減少邏輯干擾也是讓邏輯更嚴謹的絕佳方法。

寫文章，必須注意邏輯，邏輯是一種力量，可以增加說服力，同時可以提高讀者的閱讀快感和閱讀效率。如何讓邏輯更嚴謹？結論先行是第一原則；沒有歸類就沒有邏輯，要學會歸納分類，互相獨立，盡力做到完全窮盡；邏輯就是資訊的排序，最常用的排序方式有按重要程度、因果關係、結構關係、時間、推進步驟排序；最後是藉由刪減資訊，減少邏輯干擾。

5 如何讓文章論證精彩

高中時，國文老師說過一句話：提事實，講道理。這六個字太重要了，但想必很多人沒有認真思考過。講道理就是拋出論點，提事實就是拿出案例證明論點。那些最精彩的新媒體文章為什麼精彩？因為論點足夠精彩，案例也足夠精彩，二者缺一不可。只羅列論點太枯燥，讀者讀不下去，而只講案例，讀者覺得沒有強烈的啟發感。

論證精彩的目的是什麼？讓閱讀充滿愉悅感。

閱讀愉悅感，聽起來比較抽象，其實就是看一篇文章時如果有以下這些感覺，就說明這篇文章讓你產生了閱讀愉悅感。

- 寫得太對了！
- 這個道理真精闢！
- 這個例子真是絕妙！

其實一篇文章能讓我們產生閱讀愉悅感，無外乎符合**「對」「精」「絕」**這三點。

「對」：讀者對你的觀點要認可。
「精」：支撐觀點的論據要精闢。
「絕」：案例和故事要夠精彩。

做到這三點，文章就能做到論證精彩，讀者在閱讀時就容易充滿愉悅感。下面我們再詳細論述。

觀點對口

論點包括文章的核心論點以及各個部分的分論點，可說是文章的靈魂和骨架。論點比起案例、遣詞造句更為重要，是寫文章時首先要想清楚的，否則寧可不寫這篇文章。

觀點對口，指的是要對讀者的口。我們的文章是寫給讀者看的，提出的觀點代表你的態度，而你的態度決定讀者會如何看待你，如果不對口，讀者就不可能產生愉悅感。

觀點對口主要看兩點：第一，**是否足夠引發共鳴**；第二，**是否足夠顛覆認知**。

① 讀者共鳴

你提出的觀點要讓讀者覺得這是與他相關的，實際表現為：讓讀者產生共鳴，幫讀者表達觀點。舉一個生活中的例子。

某天你等紅燈時，一個失明的人站在路口不知所措。你正準備去幫他，一位小姐跑過去扶他過了馬路，你心裡會有遇到「同類」的感覺，因為她做了你認為對的事，這就是共鳴。

這時候旁邊有位大媽說：「這小姐心腸真好呀」，你會認同這位大媽的觀點，因為大媽幫你表達了內心的觀點。所以這件事會讓你感到「與我相關」，你在其中產生共鳴，聽到了自己的觀點。什麼是共鳴？你描述的事物和讀者腦中本來就存在的事物產生連接和共振，這就是共鳴。

你描述住豪宅、開跑車的經歷就很難激發大家的共鳴，因為大多數人可能沒有那樣的經歷。你描述高中讀書多麼辛苦，畢業後找到喜歡的工作多麼困難，甚至加薪之路是多麼曲折，可能大部分讀者都有共鳴，因為大家都經歷過，腦裡有相似回憶。

所以當寫完一個論點時，怎麼確定是否可行呢？可以反問自己：**這是大多數人都經歷過、有認同感的嗎**？如果是，這個論點就會讓人產生共鳴。如果不是，發現那只是少部分人經歷過、有認同感的，那這就是「自嗨」，不是共鳴。

因此我們可以把共鳴理解為「絕大多數人都會有的共同感受」。例如以下。

談錢，才是對員工最好的尊重。

最可怕的是，那些富二代比你還努力。

認知層次不同的人，是很難溝通的。

你餵員工吃草，卻指望他們有狼性？

② 提供新知

什麼是提供新知？分兩個方面。第一，**提供讀者沒想到的**，人往往是喜新厭舊的，陳舊的東西會讓人乏味，而新鮮的東西可以給人刺激，所以對讀者來說，舊知不如新知，後者更能給人帶來滿足感和愉悅感。如下例。

成大事者，都有個被忽略的特質：有仇必報。

真正決定你賺錢層次的，是你的人生商業模式。

做事可靠，就是最好的社交能力。

真正毀掉你的不是黑天鵝，而是灰犀牛。

第二，**已有的認知被顛覆了**，即你在多年生活、工作、學習過程中形成的自以為對的經驗和認知被挑戰了。當然，很多時候這些觀點並不是真的顛覆了認知，而是表達角度的創新。比如以下幾句。

職場潛規則，做得越多，死得越快。
你的勤奮，才是你失敗的真正原因。
痛苦，是你的天分。
情商高的人，難成大事。

論據有力

論據就是用來證明觀點的事實或道理，是觀點的延伸，是用來支撐觀點的理由。論據和觀點的關係，就是證明與被證明的關係。論點除了要對讀者的胃口，也必須有力，才能說服讀者，讓他覺得這是「對的」。也只有讀者感到「對了」，才會有閱讀愉悅感。一個有力的論證，通常具備以下五點中的一點或多點。

① 真實

真實是指真實存在的事實，真實自有萬鈞之力。像是下面的情況。

機遇就像天平，誰多做一點，就偏向誰。
精力好的人，工作效率和生活品質更高。

②充分

完整充分的論據更容易被理解。

升級認知的目的，是行動，再好的方法都不能替代行動。你想從眾多精英中脫穎而出，得凡事深想一層，多做一步。多做一點，省去別人的麻煩，順勢成就的，其實是你自己。

③典型

如果提出的論據是眾所周知的、廣受認可的，會更有說服力。

作家，不能有了靈感才寫作。沒有大量輸入，不可能做到大量輸出。

④新鮮

新鮮可以是新角度、新故事等，讓人感到有新意。

放心，時代拋棄你之前，會打個招呼。

爭論得站在同一平台上，回避那些無理取鬧的人。

生理時鐘因人而異，也許你正好屬於「夜型人」。

⑤犀利

犀利就是要一針見血，要足夠震撼人心。

永遠都要建立做事的優先順序，除了最重要的事，其他都不重要。

你的拚命努力，只是別人的工作標準。

我真的瞧不起你，因為你不思考。

在中國，有二千萬大學生在假裝上課。

案例精彩

論點、論據精彩其實不是最難的，很多都是公式，你熟悉這些公式之後反倒會覺得它們更簡單。最難的其實是讓案例精彩。如何才算案例精彩？

第一，**必須是一個大眾都理解，甚至都聽過、見過的熟悉場景**。能理解是前提，否則再精彩也跟讀者無關。一部美國大片，你看得熱血沸騰，覺得十分精彩，但你的老爸老媽可能就只會覺得又吵又鬧。因為你能理解那些熱血的英雄主義和炫酷特效，但老爸老媽可能不理解，所以他們覺得一點也不精彩。

第二，**要和主體、論點直接相關、完美搭配**，這樣讀者才會感覺完全被說服，很有愉悅感。有個日本人叫山口彊，是三菱公司員工，被派往外地分公司出差，但途中發現自己忘了帶識別證，回去取時路上又出了點狀況，結果遲到了。但就恰恰因為遲到，他撿回一條命，因為當時這位員工前往出差的城市叫「廣島」，原子彈把整個城市夷平了。一路踩著屍體，山口彊只有一個念頭：回家！可是他家住在哪兒呢？長崎。等他趕回長崎，回三菱上班時，上司很生氣，認為山口彊撒謊。「怎麼可能一顆炸彈就毀掉一座城市呢？」話音剛落，一道白光，長崎也沒了。山口彊又撿了一條命，而他因為是廣島和長崎兩次原子彈爆炸事件的奇跡倖存者，成了名人，一直活到二〇一〇年。這個案例就是證明「壞運氣是好運氣開始」的絕佳案例，很多讀者看了都被說服了，尤其是正經歷壞運的讀者，看完會覺得受到安慰，說不定會轉發到社群網站動態牆上。

如何有意識地強化自己的案例寫作能力？靠日常生活中的刻意練習。

第一，**要知道自己想要什麼樣的案例**。比如我的寫作範圍基本就是「個人成長」，所以我要的案例都是與這方面相關的，確立這一點後，我平時就會注意蒐集。

第二，**每次遇到一個精彩案例，要去思量可以用在哪些地方**。

這就是刻意練習，平時多練，一方面腦子裡會累積大量案例，另一方面在案例運用方面也會更加自如。

例如我寫過一個觀點：窮是一種病，且很難治癒，這種病叫「以管窺天」。論據是：窮人的困境，一個很難繞出來的閉環。

這個案例是我從身邊人的經歷：二〇一七年，朋友的公司提了一個員工關懷政策，即正在租住雅房的員工，可以申請一次性三千五百元的租屋津貼。只要在表上填了名字，三千五百元就會匯進帳戶，公司不會去一一查核。朋友的兩個同事，合租一間兩室一廳的家庭式套房，一個在那個表上填了名字，另一個沒填。那個虛報的員工家庭條件不好，住在兩室一廳的次臥室。那三千五百元是他無法抗拒的，因為可抵得上他爸媽一個月辛苦打工的收入。這就是窮人的困境，有時無法抗拒一些選擇，有時是根本沒有選擇。

這就是一個大家都理解的、場景熟悉的、跟主題完美搭配的案例。

以上就是本節的全部內容，總結一下：文章論證精彩，讀者在閱讀時很容易產生愉悅感。如何使論證精彩？盡量給出讀者認可的觀點，讓讀者產生共鳴；幫讀者表達觀點，給讀者提供新知；論據要有力，要做到真實、充分、典型、新鮮、犀利；案例要精彩，與主題相關，和論據契合，且易於被人理解。

6 如何修改文章，提升成稿效果

為什麼要修改文章？好文章是改出來的。因為一切文章的初稿都是狗屎，這句話是作家海明威的金句之一，雖然有點極端，但很有道理。初稿注定是不完美的產物，哪怕是海明威這樣的大作家，也會覺得自己的初稿像狗屎。

魯迅先生說：「寫完後至少看兩遍，竭力將可有可無的字、句、段刪去，毫不可惜。」托爾斯泰說：「不要討厭修改，而要把同一篇東西改寫十遍、二十遍。」

如何修改文章，提升成稿效果？我總結了五個步驟。

通讀全文，琢磨框架

做任何事，要先搞定關鍵節點。修改文章，要從整體到局部，再從局部到細節，也就是先修改重要、核心的東西。因此修改文章，就是在明確核心立意的基礎上，從框架著手。框架如果出現問題，後續的修改都是治標不治本。

可以先通讀一遍全文，看有沒有大問題，確保文章沒有離題，然後檢查文章的開頭和結尾，安排小標題。

①開頭的修改原則

審視開頭是否能導引文章的核心立意，有沒有吸引力，是不是大部分讀者感興趣的。這時要把自己放在讀者的位置上，用批判的眼光去看文章。如果開頭連自己都吸引不了，那多半也吸引不了讀者。同時，要記住開頭的一大作用是「讓讀者繼續往下看文章」。所以有一個好辦法是把開頭發給朋友看，看他們的反應，問問他們看完開頭是否願意繼續往下讀，然後再根據回饋修改。

②結尾的修改原則

看結尾有沒有扣緊主題，能不能製造共鳴、引發話題等，以及最核心的——能不能刺激讀者主動分享文章。

③小標題的三個修改原則

第一點，看小標題和核心主題的關聯性，看每個小標題是否符合主題，這是檢驗小標題是否合格的最基本標準。

第二點，判斷小標題是否簡潔有力，是否足夠吸睛。可以把小標題單獨拿出來，這樣可以更直觀地感受每個小標題給讀者的感覺。

第三點，調整小標題之間的邏輯順序，看是否存在邏輯混亂、不流暢之處。可以把所有小標題從上至下讀一遍，這樣就會有一個更直接清晰的感受。

修改文章，也改思想

現代著名作家、教育家葉聖陶談到寫作時說：「寫文章就是說話，也就是想心思。思想、語言、文字，三樣其實都是一樣。想得認真，是一層，運用相當的語言文字，把那想得認真的心思表達出來，又是一層。」因此修改文章不是什麼雕蟲小技，其實就是修改思想。

我很認同葉聖陶的觀點，因為寫下來的文章最終表現的是自己的思想，所以在修改文章的同時，其實也是在修改思想。當確立整篇文章的核心立意、思想、價值觀之後，在修改過程中，要把那些偏離的、不妥的案例和表達糾正過來。

《為什麼星巴克的員工都不太熱情？背後這四點值得深思》一文中，第二部分要論證的是人的主觀感受來自對比，並提出「陪襯機制」概念。但在論證這一觀點時，用了這樣一段話。

比如呈給上司提案報告，如果時間充足，第一次提案可以粗糙一點，因為無論怎樣，上司看完都會提出意見讓你改，所以第二次要卯起來，做得完美一些，對比之下比第一案好那麼多，通過率自然也高。再比如，如果你是女孩，找閨蜜逛街，就不能找和你顏值差不多的，要找比你差一點的，道理你自然懂。

這個案例就有價值觀不正的嫌疑，容易招來非議。你的表達要能正確傳達出你的想法，有時候你以為自己寫明白了，其實沒有；即使寫明白了，讀者也不一定能看懂。你的案例要契合主題，不能自相矛盾。也就是說，一篇文章要在基礎邏輯上立得住，在價值觀上經得起評判。

如何檢驗？可以自己挑戰自己的文章，看是不是能輕易反駁文中的表達和案例，也可以借助朋友甚至是「外人」的評判。

逐字逐句，刪詞改句

主體上的修改完成後，接下來就是對細節的修改。調整細節的第一步是：逐字逐句，刪詞改句。「刪」就是把沒用的刪掉，「改」就是把有用的改得更好。先說刪。一提到刪，大家可能就會心生抵觸。這很正常，畢竟把辛辛苦苦寫出來的內容棄之不用，任憑誰都會有點不捨，我以前也是這樣，直到我看到作家老舍先生的一段話。

我們應當先把不必要的話、不必要的字，狠狠地刪去，像農人鋤草那樣。不要心疼一句好句子，或一個漂亮字，假若那一句、那一字在全段全句中並不起什麼好的作用。文章正像一個活東西，全體都勻稱調諧就美，孤零仃的只有一處美，可是跟全體不調諧，就不美。

初次看到這段話，只覺得一記響亮耳光打在臉上，我明白了，文章好看是整體的好看，而不是局部字、詞、句的好看。所以那些看起來很不錯卻沒什麼用的字、詞、句，只能算是漂亮的廢話，必須刪掉。就像農人鋤草一樣，不能因為園地上長了一株好看的草，就不在那裡播種了。比如「著」「得」「了」「是」「那」「就」這樣的虛詞，以及一些沒有意義的副詞、無用的形容詞，總之，一切累贅的字、詞、句都是雜草，要毫不猶豫地鋤掉。

再說改。沒用的「雜草」要鋤掉，但還有一些長勢不那麼好的莊稼，我們可以進行調治。「莊稼」就是文章需要的字、詞、句表達：一個詞或許能用，但是不是有更好的詞？一個句子可能通順，但是不是有更好的表達？一個表達在語言邏輯上沒問題，但在現實意義上是不是可以更好一點？

作家老舍舉過這樣一個例子。

原句：小貓在屋中撒了一泡尿，這使我異常憤怒。

改後：小貓在屋中撒了一泡尿，這讓我有點生氣。

一個愛乾淨的人可能因小貓的這一舉動生氣，但「異常憤怒」就不太近情理。

這是我們調整細節的第一步：刪、改。刪無用的，改能用的。要記住，一篇好文章不是一句話好，也不是一段話好，而是細節、整體上都很好。

從頭到尾，琢磨情緒

情緒還能琢磨？當然能。文字可以傳遞情緒力量，具有感染人心的作用。具體技巧就是換位思考。你想像自己是讀者，讀到這篇文章時會產生什麼樣的情緒，會代入什麼樣的場景，然後以終為始，倒推文字怎樣表達才能更打動人心。舉個例子。

原句：還記得在幾年前，我在一次工作上遇到了難題，於是便發訊息給一個前輩同事向他請教。一直握著手機傻傻等了半天，也沒等來他的回覆。可是我意外地發現，在這期間，這位前輩同事更新了動態。

改後：幾年前的一天，我工作上遇到了難題，發訊息向公司一個我特別敬佩的前輩請教。我滿懷期待，握著手機等了半天，也沒等來回覆，心想他肯定在忙。結果滑手機時，我越滑越委屈甚至氣憤，這期間他竟然更新了五則動態。

文字邏輯通順、意思表達清楚之後，我們要站在讀者的角度，代入文章的場景，把句子改得情緒更加飽滿，這樣讀者在讀的時候更容易產生共鳴。

朗讀全篇，改至耳順

讀者可能會問，改文章就改文章，怎麼還要讀？

其實，人類說話能力的進化是遠大於閱讀能力的。從整個歷史長河中看，語言產生已經有上百萬年，人類早已進化出強大的語言能力，但閱讀不然，文字出現至今也不過五千年。嬰兒出生後，幾歲就能流利地說話，但閱讀能力的形成要花更長時間。所以，我們一定要讓語言更適合用嘴巴讀，而非更適合用眼睛讀，這就是我說的，要改至耳順。

如果你的文章讀起來是通順的，那讀者閱讀起來就會更容易。作家趙樹理提過一條寫作標準：「讓讀者聽起來順耳，念起來上口。」講的就是這個道理。

透過朗讀，無聲的文字變成了有聲的語言，朗讀中嘴裡一邊念，耳朵一邊聽，就能發現文章中的毛病。有些詞語聽起來不順耳，有些句子讀起來不順口，有些地方表達不清楚，有些地方結構比較混亂等，這些問題都能夠在朗讀中發現，在朗讀中改正。

用朗讀修改文章一般有三種方法。

第一，**讀給自己聽，自己修改**。美國作家海明威在近四十年的創作生涯中，每天都把寫好的文稿從頭讀一遍。

第二，**讀給別人聽，依別人聽後的反應來修改**。唐代詩人白居易為了把文章改得通俗易懂，常常把寫好的詩文讀給鄰家老婆婆聽，一直要修改到讓她聽懂為止。

第三，**請別人讀給自己聽**。作家老舍常常將後兩種方法結合起來。他凡是寫好一篇作品就讀給夫人聽，請夫人提出修改意見，修改之後又請夫人念給自己聽，再次進行修改。

就像老舍說的：「我寫作中有一個竅門，一篇文章寫完了，一定要再念再念再念，念給別人聽，看念得順不順？準確不？彆扭不？邏輯性強不？一個好句子，應該是讀出來，嘴舒服，耳舒服，心舒服。」

透過朗讀修改文章，雖然「笨」了點，但非常有效，你可以試試，相信會有新的收穫。

修改是每個寫作者都必須面對的步驟，不要抗拒修改，不要怕麻煩，修改本身就是寫作能力精進的過程。

7 如何設計排版，提高文章完讀率

著名主持人楊瀾說過一句廣為流傳的話：「沒有人有義務透過你糟糕的外表去發現你內在的美。」一篇文章也是如此，沒有讀者有義務透過你糟糕的排版去發現文章內在的價值。長得好看的人總會被人多看一眼；在裝潢精美的餐廳吃飯，心情也會更加舒暢。同理，對一篇文章來說，排版就是文章的門面，也是讀者的閱讀環境，優秀的排版自然能讓讀者更願意讀你的文章，使讀者獲得更好的閱讀體驗，提高文章的完讀率。

排版設計三原則

① 簡約美觀原則

排版好不好是審美問題。不要為了排版而排版，不要太花俏、不要太複雜。排版本來是為了提升閱讀體驗，但很多複雜的、花俏的排版反而降低了閱讀體驗。費力不討好的事情不要做。

②結構清晰原則

如果一篇文章只有三句話，那基本上不用排版。排版是要把一篇幾千字的複雜文章簡單化、模組化、結構化，讓文章的呈現更有邏輯、更清晰，讓讀者更容易接受、能夠更高效閱讀。對於這一點，一定要清楚掌握。

③重點突出原則

呈現內容時一定要具備優先順序思維，因為我們很難做到讓讀者從頭讀到尾，要突出和表現文章中更重要、更希望使用者注意到的內容。對於小標題、開頭、結尾、重點詞句、重點圖片等，我們都要想辦法讓它們更突出。

以上就是內容排版要始終遵循的三個基本設計原則，接著要分享排版的七大技巧。

排版七大技巧

①字體、字型大小規範

關於字體、字型大小，最重要的一點是：「要盡量符合讀者一貫的閱讀習慣。不要試圖改變使用者習慣」，這是產品開發界的一條金科玉律。其實這句話對我們每個人都適用。一件事、一個人、一個場景讓你不習慣，你就會有不舒服的感覺，文章排版也是如此。比如很多人會在微信上關注很多公眾號，大部分公眾號都使用後台預設字型大小（十六級左右的字型大小），結果你使用的是其他外的字型大小（十二或十八級），這樣讀者每次點進你的文章就會有不好的體驗，因為需要特別適應。針對大部分寫作平台，建議直接用預設字體、字型大小，或者在此基礎上微調。

② 文章配色規範

服裝搭配方面有一個三色原則，指的是全身上下的衣著應當保持在三種顏色之內，否則就容易混亂。文章的整體配色也應該遵循三色原則，即一篇文章中的配色最好不要超過三種，常見的配色方式是：正文用黑色，注釋性的文字用灰色，再加一個固定的亮色，這樣不僅看起來舒服，也有利於文章的整體風格統一。

③ 內容模組化

捷運每到一站會報站名，不然就會因為不知道到了哪一站而感到焦慮，我們在文章中也要給讀者設置這樣的「站點」，即將內容模組化呈現。模組化就是把一篇文章分成幾個部分，為每個部分安排一個小標題，其作用就像是地鐵報站，讓讀者知道自己看到了哪裡，接下來要看的內容是什麼。模組化處理既能幫助讀者更順利獲取資訊、理解文章，也能減輕讀者閱讀壓力，防止讀者注意力和耐心過快消耗。

④ 段落標準化

我的社團裡有很多人寫文章不注重分段，一段恨不得有一千字，這是想憋死讀者嗎？不分段，或者分段不合理是新手最容易犯的排版錯誤。現在我們寫文章都是在手機的各種App上，所以可按手機螢幕大小歸納出一個大概標準：不超過五行字為一段會有比較好的閱讀體驗，三或四行一段是比較舒服的，一段文字最好不要超過八行。一般手機螢幕顯示的行數大概是二十行，加上留白空間，一般控制在螢幕顯示三至四個段落比較合適。

⑤重點要突出

想像一下這個場景，課堂上同學們正在聽講，突然老師敲了敲黑板，大聲說道：「下面開始畫重點。」這時候大家都會拿起筆準備做筆記。讀者看我們的文章就是聽我們表達的過程。突出重點，一方面可以吸引讀者注意力，另一方面可以提高讀者獲取內容價值的效率。突出重點，有幾種常見方式。

- 需要重點突出的可以用特殊的排版格式單獨列出，比如加底色、邊框。
- 標黑標粗，字型大小加大。
- 標注特殊顏色。
- 用引導語引出需要重點展示的內容，告訴讀者「重點來了」。

⑥適當配圖

話糙理不糙，配圖可以輔助文字表達，能夠傳達更多資訊。如果是新聞事件類的文章，更不能沒有配圖，沒圖就意味「沒真相」，說服力也會大打折扣。在時間碎片化時代，很多人沒有耐心讀太長的文字，所以適當配圖可以緩解讀者閱讀壓力，讓讀者得到暫時休息，更容易讀下去。

⑦留白的藝術

合理的留白不僅可讓內容更具呼吸感，減輕讀者閱讀壓力，讓讀者閱讀時更加舒服、流暢，還能讓內容在呈現上張弛有度、更具美感。哪些地方要特別注意留白？

- 段與段之間一定要空一行。
- 段首不要留白，即不空格。
- 小標題上下要留白，而且要注意，小標題下面的留白要小於小標題上面的留白，這樣做是考慮到整體性原則，小標題跟下面的內容是一個整體。
- 文字注釋和被注釋的物件之間不要留白，這也是考慮到整體性原則。比如，圖片、影像、表格和文字注釋之間不要留白。
- 數字、英文單詞、字母前後要空格留白。

再好的文章也需要好好排版，排版是針對內容做呈現設計，是在做閱讀服務，而更好的服務意味更好的閱讀體驗，最終實現更高的完讀率。

8 如何克服拖延症，提高成稿速度

對很多人來說，寫作最大的阻礙不是技巧，而是一種病，一種時髦的病——拖延症。想寫一篇文章，打開電腦兩小時了卻連題目都沒寫好；好不容易寫下標題又停下，因為想不出第一句怎麼寫；寫到一半，就想休息一下……

我也得過這種病，非常可怕，會摧毀你的寫作能力。

我是個重度拖延症患者，但在寫作這件事上我有一套方法，讓我過去三年寫了超過三百萬字，如今寫作速度越來越快，一天一萬字是常有的事。怎麼做？共有五個技巧。

確定截止時間，設定寫作周期

第一，**確定截止時間**，因為截止時間就是「第一生產力」。一件事如果沒有最後期限，沒有非做不可的理由，就很容易拖延。比如「我改天寫篇文章」，這個「改天」可能就是很多天。但如果你的老闆說「下班之前把這篇文章交給我」那就不一樣了，因為有了「下班之前」這個截止時間，你必須去做，而且有了緊迫感，要不就加班，不然就挨罵。從今天開始，你準備寫任何一篇文章時請給自己明確截止時間，不要說「這周寫完」，要說「這周五寫完」，或說「這周五晚上十點前寫完」。這是對抗拖延症最簡單、有效的方法。

第二，**設定寫作周期**。這是為了進一步提高效率。想想看，你周一定了一個寫作目標，要在周五晚上十點前寫完一篇文章，可以想像的是，八成的人會從周一拖拖拉拉，直到周五晚上十點前才能寫完。這叫什麼？這叫終點不拖延，過程很拖延，一篇文章拖拉了五個工作日。因此，當設定截止時間後，你要預估你的能力，設想以最高效率多久可以完成，然後從截止時間往前推，設定你的開始時間。從開始時間到截止時間就是你的寫作周期，在這個周期內，你的效率處於爆發狀態。

分解寫作目標，降低行動門檻

寫作拖延症，很大程度上是怕難心態在作怪，但越不去做就越覺得難，最終陷入惡性循環。其實我們可以把目標任務拆分成很多容易完成的步驟，這樣自己就不會感覺太吃力，而每完成一步都會讓你多一點自信，幫你累積完成下一步的力量。比如我要寫一篇文章，一般會分定主題、想標題、選封面圖、列小標題、找素材、寫開頭、寫初稿、調整修改等八個步驟。

寫文章時，我定好主題，會趕緊再想一個標題，定一張封面圖，做完這幾步，文章的方向和我的寫作積極性就都出來了。然後我就繼續推進，列小標題，為了推進得更快，我不會完全順著邏輯走，而是想到什麼就寫下什麼，然後再梳理。後面寫初稿的時候也是如此，不一定完全按照從頭到尾的方式寫，哪裡容易搞定我就先去搞定。這就是分解目標，因為降低行動門檻，你的行動會更快。比如我寫過一篇長文《致知識付費從業者們：羅振宇們靠不住，薛兆豐們靠不住》，其實最初並不是長文。當時，我看到李安的一段話，他說他是不可知論者，世上沒什麼定論，任何可以講出來的道理都是一種偏見。這句話引起我對方法論的思考，我想就這個問題寫一篇文章，但當時我還沒想好怎麼寫，所以就先在社群裡寫了一條短分享《任何方法論都是靠不住的，包括粥左羅的，也包括羅振宇的》。

寫完這條分享後，我就有了大概的主題和方向，後面繼續思考，並圍繞這一主題去搜索、整理素材，最終我想清楚後，拓展成一篇長文。

快速完成初稿，即時消化創意

很多朋友寫文章都有完美主義傾向，非得仔細琢磨，想清楚了再寫，生怕寫得不好，結果寫著寫著就把耐心消耗完了，然後就不想寫了，拖延症也就開始了，這樣太得不償失。

我們在前面說過，在寫文章之前以為只要想清楚怎麼寫就能寫得好，這是不可能的。我寫了三百多萬字，還是想不清楚，一篇文章還要斟酌半天，所以不要有完美主義，要記住：寫完之前，完成最重要；寫完後，完美最重要。

只要是依主題和框架來，想到什麼都可以寫出來，絕對不要回頭去反覆糾結創意和初稿。初稿注定是不完美的。擁有這樣的心態，就能快速搞定初稿，搞定初稿後壓力就小多了。最後，快速完成初稿時，要學會抓大放小，不要在意細節。寫完了再改，寫作本身就是修改的過程，先求完成，再求完美。

減少外部干擾，減少外部誘惑

① 減少外部干擾

寫作需要集中精力，但在智慧型手機時代，干擾太多。好不容易靜下心來寫篇文章，結果手機一直叮噹作響，一下回訊息，一下看誰更新動態，本來就不夠用的精力又被分散了，效率之低可想而知。寫作時，盡量不看訊息，不回訊息，不瀏覽社群網站，不想其他事情，戴上降噪耳機，全身心進入忘我狀態，這時候效率會特別高，你可以試試。

② 減少外部誘惑

什麼是外部誘惑？我租辦公室前經常在家裡寫文章，結果是沒幾分鐘就想躺躺，寫不了幾段就去冰箱裡翻點吃的，結果半天過去了沒寫幾百字。首先，盡量不要在家寫作，更不要在床上寫作，而是去辦公室、咖啡廳、書店寫作；其次，不要在桌上放一堆零食，你沒那麼強的自制力。人不能與環境為敵，所以寫作時要盡量減少環境干擾。像是把手機拿開，讓自己盡量處於安靜、不被打擾的環境，這些都有助提升寫作效率。

除了減少環境干擾，還可以刻意培養自己的專注力，以五分鐘為限，逐步培養自己的專注力。有一次五分鐘的專注，會讓你更有信心進行下一個專注的五分鐘。

借助外部監督，逼自己行動

我的社團裡有幾個成員，每次分享都會在開頭告訴大家：這是我寫作的第幾天、第幾篇。長期下來，他們把自己的行為置於眾目睽睽之下，這些外部的關注也會給他們帶來壓力，使他們不敢拖延，逼迫自己履行承諾。這樣做其實挺有用的，我自己也是如此。在社團創立第一天我就公開承諾，我每天都會為了星期天的更新做準備，一年要寫一千篇以上。為了完成立下的這個目標，我每天都不敢拖延。人是社會化動物，極其在意外部評價。所以可以把你寫作的事情公諸於眾，一旦向外界做出承諾，執行的力度就會大很多，因為人都不喜歡自己打自己臉，被人嫌棄說大話。

設一個最後期限讓自己有緊迫感，這是克服拖延症的第一步；你可以分解任務目標，降低行動門檻；不要有完美主義傾向，先快速搞定初稿；寫作時要盡量讓自己處於安靜的、不被打擾的環境；你還可以嘗試公開承諾，立下目標，借助外在監督，逼自己行動。

8
Chapter

基本功力

如何持續刻意練習

1 如何寫出吸引人的故事

在這一節中，我們將講述如何寫出吸引人的故事。

為什麼要學習寫故事？因為人們天生愛聽故事。比如哄小孩子入睡，最好的辦法就是講一個有趣的睡前故事；公眾演說，要想產生較好的效果，就要穿插一個引人入勝的故事；看電影，已成為當下最普遍的文化消費，每部電影都是一個不平凡的故事。一篇文章是否精彩，多半是由文章中故事的精彩程度決定的。如何寫出吸引人的故事？

寫故事的三種經典框架

①衝突、行動、結局

美國作家傑里·克里弗（Jerry Cleaver）說過，形式最純粹的故事僅僅包括三個要素：衝突、行動、結局。比如一個人遇到麻煩，這是衝突；他必須去解決麻煩，這是行動；最後他成功或失敗了，這是結局。

羅密歐愛上茱麗葉，可是兩個人的家庭有世仇，這是衝突；他們偷偷結了婚，準備私奔，這是行動；過程中兩人都以為對方已經死去，所以兩人分別自殺，這是結局。所有我們可稱為故事的，都是由這三個基本要素構成。

② 起、承、轉、合

中國傳統文學認為，講好一個故事需要「起承轉合」四個步驟。起是原因，用來引出故事；承是延伸，捲入更多人物，把故事鋪開；轉是讓劇情起伏，不斷製造麻煩；合是結局，失敗或成功都要有一個結果。例如孫悟空大鬧天宮被壓在五指山，唐三藏為普世濟人去西天取經，這是起，用來引出故事；孫悟空、豬八戒、沙僧被唐三藏收為徒弟的過程，這是承，用來把故事鋪開；取經路上的九九八十一難，這是轉，用不斷製造麻煩的方法來製造看點；最後師徒四人成功到達西天取得真經，受封成佛，這是合，也就是結局。

③ 目標、阻礙、行動、結果、意外、轉折、結局

小說家許榮哲也提出過一個經典的故事框架，包括目標、阻礙、行動、結果、意外、轉折、結局。許榮哲認為，任何人只要回答七個問題，就能在三分鐘內構思一個故事，七個問題分別是以下這些。

（1）主角的目標是什麼？

（2）實現目標的阻礙是什麼？

（3）為了實現目標，他會如何努力？

（4）結果如何？
（5）發生了什麼意外？
（6）意外發生後，情節如何轉折？
（7）最後的結局是什麼？

把這七個問題的答案串起來，就形成一個故事，你也可以用這七個問題去逆向拆解故事，倒著學習。

以上提到的三種故事框架，簡單綜合一下就是：圍繞主角陷入困境時遇到的麻煩，講述他為了擺脫困境、解決麻煩而行動的過程，最後給出一個結局。

寫故事的四個要點

①要有一個主題

一個故事一定要有一個主題，否則就只能算是一堆資料的堆積，讀者不知道作者要表達的是什麼，就很難留下印象。怎麼檢驗一個故事的主題是否明確？故事能被非常好地濃縮成一句話或一個詞，就說明主題是明確且有力的。我舉兩篇我寫的人物故事文章，一是正例，一是反例。

正例：《海底撈上市，身價六百億的張勇用人潛規則：談錢，才是對員工最好的尊重》這篇文章的題目在強調一個觀點：「談錢，才是對員工最好的尊重」。我用了大量張勇和員工之間的故事，描述張勇是怎樣對待員工，員工是如何看待張勇。整篇文章看起來主題明確，論證精彩，所以讀者對張勇和員工的故事非常認可，產生了共鳴，讓這篇文章閱讀量超過五十萬。

反例：對於《回顧一〇．三八億贖金的香港第一綁架案，李嘉誠如何解鎖世紀悍匪張子強》這篇文章，我寫了整整十個小時。這篇文章情節精彩，細節到位，但最大問題就是沒有明確主題。所以讀者讀完後只覺得故事精彩，卻不清楚這個故事要表達什麼。

一篇文章也好，一個故事也罷，最好有一個明確主題，否則沒有一個點來引導讀者產生認同或反對的觀點，讀者讀完的感覺就可能會是「還不錯，但我不知道你想說什麼」。

② 要不斷製造麻煩

不斷製造麻煩是為了增加看點，讓故事變得吸引人。平淡無味的故事，自然也無法在讀者心裡掀起波瀾。故事的推進就是一個解決麻煩的過程，故事最有看點的部分就是主角面對麻煩、解決麻煩的部分。那些冒險電影、災難大片之所以能讓人注意力高度集中，看得酣暢淋漓，是因為故事情節的設定就是一個接一個的麻煩，這些麻煩一個個被解決的過程非常吸引人，讓人心緒澎湃。比如有篇文章《真正決定一個人潛力的，是他在人生最黑暗時期的選擇》，是講述王興、王石、俞敏洪、羅永浩等創業者的故事，用的故事手法就是講述他們遇到的一個個麻煩並解決麻煩的過程。這樣的文章讀起來很有推進感，也很吸引人，讀者在讀的時候會不停地想知道，「他失敗了嗎？後來怎麼樣了？」然後會跟著這個節奏往下讀。

③ 人物要有個性

有時候看完一個故事，感覺在故事主角身上看到自己的影子，就會產生共鳴。人物作為故事中的重要元素，可說承載了一個故事的靈魂。人們對一個故事的話題也常常圍繞故事中的人物表現展開。所以寫故事不能只寫事不寫人，寫人不能讓人物沒有個性。若一個故事中的人物沒有個性，讀者就很難被感染。在寫故事之前要問清楚自己：這個故事的主角有哪些特點？他的性格是什麼樣的？我希望讀者看完後對他有什麼評價？帶著這些問題，在寫故事的時候，要有針對性地設置一些情節去塑造人物的這些個性。例如《董明珠：我不在乎你喜不喜歡我，我只要贏》一文，為了表現珠海格力電器董事長董明珠「有原則」的個性，我刻意強化董明珠「為保護原則斷送上億大單」的故事。

有一年，一個年銷售一．五億元的大經銷商，以為自己大得上了天，跑來格力找董明珠要特殊待遇，語氣十分傲慢，一副「你得靠我給你賣貨」的嘴臉。董明珠這種講原則的人最恨這種想搞特權的，不只沒答應，還直接將那人從格力經銷網中除名。當時董明珠剛升任業務銷售經理，位子還沒坐穩就給自己斷送一．五億元的大單。董明珠的回應很簡單：只要違反原則，不管是誰都必須滾蛋。

④ 故事要有細節

前一章我們說過，不該省略的資訊不要省略，已有的資訊要詳細，這是為了提供讀者夠多的資訊，讓讀者更容易理解並認同。對一個故事來說也是如此。細節往往是最能觸動人心的，只做大而空的描述，讀者讀起來會感到枯燥無味。我舉一個反例、一個正例如下。反例是一段沒有細節的文字。

> 剛畢業時我找工作特別困難，投出去的簡歷基本都石沉大海，每次好不容易有個面試機會，基本都會出點小狀況，最終被拒之門外。一個月下來，一個錄取都沒有拿到，看到同學們都順利進入自己想去的大公司，更加著急，心力交瘁，夜夜失眠。

這段話描述性文字太多，讀者讀起來感受不到那種難找工作的焦躁感。如果加一些細節性的描述，文字感染力就會強很多。比如找工作困難表現在哪些方面？面試時出了什麼問題？失眠的時候想了些什麼？

正例是一段細節到位的文字。

進入公司很長一段時間，我從不跟同事一起吃飯，也從不準時吃飯。我一般都下午兩點過了用餐高峰期才去吃，跑步下樓、大口吃飯、快速搞定再跑回公司，前後只花二十分鐘。為了不在糾結吃什麼上浪費時間，我連續吃一個多月的淮南牛肉湯。

在這段文字中，如果去掉最後那句「連續吃一個多月的淮南牛肉湯」這個細節，文字的感染力就會弱很多，正因為有這個細節，所以讀者更能體會到這種拚命工作的感受。

跟電影學講故事五大「公式」

講講五個電影故事中常用的「公式」，雖然是虛構寫作的產物，但大家也可以進行參考借鑑，作為對故事技巧的補充。

①好萊塢式「公式」——個人英雄主義的勝利

故事「公式」：講述主角孤軍奮戰解決棘手問題，或是主角在解決問題的過程中反思自己的問題並及時修正，最後以大團圓結尾。

模仿方法：描述個人與朋友、家庭、社會的衝突，中間激化衝突，最後解決衝突。

經典案例：《刺激一九九五》的敘事過程是靠個人越獄，伸張正義。克服困難中，靈魂得到救贖和解脫，強調家庭、朋友、內心的追求才是持續可靠的，最後以大團圓結尾。

②寶萊塢式「公式」——個體在社會夾縫中的突破

故事「公式」：講述個人對抗家庭，新觀念對抗舊傳統，歷經困難，終於等到好結果。

模仿方法：找出一個社會問題，然後以個體去挑戰這個問題，最後成功解決問題。

經典案例：《來自星星的傻瓜PK》的敘事過程是個人挑戰傳統，遇到家庭和社會的重重阻力，關鍵時刻貴人相助，最後以大團圓結尾。

③經典韓劇「公式」——與家庭、社會的糾葛

故事「公式」：個人希望按照自己的意願選擇人生，但又不得不考慮各種家庭和社會因素，經過一系列的糾葛和反轉，最終通常有一個浪漫唯美的結局。

模仿方法：在平靜的生活裡引入突發狀況，著重描寫人物因家庭、階層、倫理的糾結過程，最終給出一個比較煽情的結尾。

經典案例：《來自星星的你》的敘事結構是一波三折的感情，老天注定的相遇，纏繞生活環境、社會環境、家庭因素的感情最終經受住考驗，最後以大團圓結尾。

④經典日劇「公式」——反思人性是永恆不變的話題

故事「公式」：每個人都受到人性驅動，符合規則又不斷突破規則，妥協和抗爭交替出現，最終善念戰勝邪念。

模仿方法：主角打破規則，解決問題後再回到原來的生活。

經典案例：《神隱少女》的敘事過程是突然遭遇危險，在磨難中成長，堅信可以改變未來，最終在人性光輝下走出黑暗。

⑤經典法劇「公式」——相信感受重於一切

故事「公式」：感受是指導行動的重要標準。個人感受常常改變事件的發展走向，引發各種感情，讓事情更加複雜。

模仿方法：突出人物感受描寫，把重點放在人物的情緒狀態和感性決定上。

經典案例：《終極追殺令》的敘事過程是用視覺而不是語言推動故事，感受指引著任務行動，個人感受大於一切，最終感性戰勝理性。

看完一堆勸你上進努力的名言警句你可能沒感覺，但看完一個勵志故事後你可能就被引發鬥志，感覺渾身充滿力量。聽故事比聽道理更符合我們大腦的進化，故事的吸引力和代入感也更容易滿足我們的認知和情感體驗，很多道理和觀點都需要借助故事來傳達，所以寫故事是寫文章的必修課。

2 如何寫出有價值的觀點

什麼是有價值的觀點？只有一個準則：能為讀者帶來改變。改變是多面向的，讀者看了你的文章，格局變大了，態度變積極了，認知改變了，行動轉變了，思維方式轉變了……

寫作的初心就是用個體的力量給讀者帶來正向影響，對世界帶來積極的改變，哪怕是一點微小的改變。比如我寫過一篇文章《我見過情商最低的行為，就是不停地講道理》，裡面講了有關父母和孩子、夫妻之間關係處理的觀點。很多朋友留言說這篇文章對自己幫助很大，自己過去太喜歡講道理了，而且經常因此和最親近的人吵架，看完這篇文章後，重新審視自己和身邊人的關係，並且要求自己以後少講道理，多去愛。這篇文章的閱讀量超過百萬，我相信文章提出的觀點可以讓世界多一點愛，是有價值的。

如何寫出有價值的觀點？我總結了四個技巧。

順向思考：提煉出大眾的流行認知

當要寫一個話題時，要去網上看文章、評論、留言，目的是感受大眾對這一話題的流行認知是什麼，然後歸納出來，這叫順向思考。用這種方式總結出的觀點，符合大眾預期，能得到最大程度的共鳴，能獲得讀者的普遍認可。

對於這樣的觀點，大眾很容易理解或者本來就知道，那它的價值是什麼？首先，作為寫作者，我們可以將觀點總結得更清晰、明確；其次，這種觀點具有提醒價值、推動價值。很多時候我們寫的觀點是大家都知道的，但大家知道卻經常忘記，不一定去做、不一定能做到，寫作者就是在一遍遍地提醒大家這很重要，要去做。這就是價值。

比如，我想寫聰明和可靠這個話題，我去網上看、跟朋友聊，發現大家對聰明的期待是不一樣的。大家喜歡跟聰明的人聊天，因為不費勁，但同時聰明人不一定可靠，因為太聰明了，而大家更喜歡把工作任務交給可靠的人做，談合作時也喜歡找可靠的人。

根據這一情形，我們就可進行順向思考，總結出：與聰明的人聊天，同可靠的人做事。這是寫觀點最容易操作的方式。我的很多觀點都是這樣提煉出來的，像是下面這些。

真正厲害的人，都敢對自己下狠手。

你不對自己殘忍，社會就對你殘忍。

手裡沒好牌的人，更要拚命抓住每一個機會。

這一類型觀點的價值，在於反覆討論那些有價值的東西，讓讀者認同，提醒讀者做，推動讀者行動。

逆向思考：與顯而易見的真理反向走

與順向思考相反的是逆向思考。為什麼要逆向思考？寫出與眾不同的觀點。如何逆向思考？與顯而易見的真理反向走。

舉一個傳媒業執牛耳者江南春的例子。江南春說，當年大家都往東走去尋找印度，但哥倫布就要往西走，結果發現新大陸，成為傳奇。但即使他沒發現新大陸發現了別的，一樣是開創者，因為哥倫布發現的東西都不是往東走的人會發現的。

江南春創業時，媒體業顯而易見的真理是做大眾傳媒，做媒體顯而易見的真理是「內容為王」。他不擅長做內容，便逆向思考提出新的觀點：管道為王。這個觀點帶來的價值是什麼？他創立分眾傳媒，占據全國一百五十萬個電梯媒體廣告，把公司做到千億市值。

舉我個人的例子。我在公眾號上寫文章推廣課程和知識星球社群，業界顯而易見的真理是：不要讓大家看出這是廣告。於是我逆向思考，提出新的觀點：要讓大家第一時間知道這是廣告。

第一，一看是廣告且大概知道是什麼廣告，需要的朋友就會點進來，這些是產品最需要的精準流量。

第二，不需要的人不點進來，因此我也沒有打擾到不需要的人。

第三，我減少對用戶的傷害，否則很多人點進來看好久，竟然是廣告，會很煩。

我按這個觀點的實踐帶來的價值是：我每次發廣告，留言區的負面評論比較少，雖然閱讀量不高，但轉化效果很好。

逆向思考是我工作、生活中常用的思考方式，平時寫文章也會使用，總能讓我得出不一樣的觀點，並指導我做出與眾不同的事。在這個時代，與眾不同就是價值。

開始成立社團時，有前輩告訴我要讓大家暢所欲言，降低發言門檻，這樣社團看起來會很熱鬧，否則看起來很冷清。

一開始我覺得挺對的，畢竟大家都這麼做。後來我問自己：看起來很熱鬧、很活躍，是我要的最終結果嗎？不是。我最終要的是人人輸出有價值的知識。那我為什麼不直接從這裡入手呢？所以我從一開始就提高參與門檻，而不是降低參與門檻。至於提高參與門檻後，再怎麼讓很多人還願意參與，那是後話。但我不能一開始就從我根本不想要的東西入手。那種沒有價值的活躍不是我要的，我認為那是虛假繁榮。

再比如，有人告訴我要扶持幾個社團裡的紅人，額外給他們一些獎勵，讓他們堅持輸出，這樣會避免社團的優質內容不足情況。我又反向思考，最後決定堅決不能這麼做，而且盡量不要產生這種狀態。因為我還是覺得這樣是虛假繁榮，我要的是集體參與，若刻意捧一些人出來，反而降低最廣大成員的積極性。社團既然是大家的，就一起玩、一起成長、一起受益。當然人家自己做得好，那是人家的本事，但我不會主動做這件事。

批判思考：批判、挑戰不認同的觀點

我們常說獨立思考很重要，可是能做到的人很少，因為我們總是習慣性從眾。如果想寫出有見地的觀點，可以從批判、挑戰自己不認同的觀點開始。比如有篇文章的題目是《為什麼星巴克的員工都不太熱情？背後這四點值得深思》，其中有很多我不認同的觀點。

有一天我在星巴克，旁邊來了一個中年婦人，帶著兩個小孩，她衣著華麗，穿金戴銀。只是她嗓門大了些，一直大聲喝斥著孩子，引來很多人側目。沒一會，其中一個孩子把飲料打翻，那婦女又尖叫起來，給了小孩兩巴掌，小孩哇哇大哭。

婦女氣急敗壞對著櫃檯大聲喊：「服務生！服務生！快拿抹布過來啊！」

結果櫃檯內幾個工作人員沒一個理她。於是她走向櫃檯，對著最近的工作人員嚷道：「服務生！我叫你呢，你裝沒聽見嗎？」那女孩環顧左右，一臉懵懂回答：「我不知道你在叫誰？我們這沒有服務生，只有咖啡師。」

婦人威脅道：「你怎麼這種服務態度，不想讓客人再來了嗎？」女孩微微一笑說：「請便。」

作者寫這段主要是為了論證狼性文化不如人性文化，星巴克強調咖啡師與顧客的平等。我在我的社團裡談了我的看法。

首先，我說這是論證論點挺失敗的案例。其次，通過批判思考，我提出了新觀點：「服務業從業者，搞定優雅的顧客不能說明你有本事，搞定難纏的顧客且不讓他影響你的生意才是厲害。」而且我做了解釋：「服務業不得罪『瘋子』才是正確的，因為他們對生意的破壞力有時讓你想不到。因為『瘋子』不懂反省與後悔。」

我很多文章裡的觀點，都是我對主流觀點進行批判思考後寫出來的。

成大事者都有個被忽略的特質，有仇必報。
夢想和野心，才是一個人最核心的競爭力。
談錢，才是對員工最好的尊重。
任何方法論都是靠不住的。

遷移思考：借用其他領域的流行觀點

知識是可以繁衍的，因為知識可以生出知識，觀點也可以生出觀點。你在一個領域中發現的流行觀點，其實可以遷移到其他領域去用，因為邏輯是相通的。

經由遷移思考，很容易寫出耳目一新的、讓讀者有啟發感的觀點。

張小龍在談微信產品觀時提出：「群體智商低於個體智商，不要用對待個體的方式對待群體。」我可以將這句話遷移到個人成長領域裡成為一個觀點：「群體智商低於個體智商，一個人獨處的時候進步最快。」

有理論認為：國與國之間的智商差異，比人與人之間的智商差異重要得多。我同樣可以遷移到個人發展領域中寫出一個觀點：群體智商比個體智商更重要，有機會最好留在一線城市發展。

如果學會遷移思考，每掌握一個觀點，就可以寫出N個觀點。你可以將企業發展的觀點遷移到個人發展上，可以將企業品牌打造的觀點遷移到個人品牌的打造上，可以將產品定位的觀點遷移到個人定位上，可以將生物進化論的觀點遷移到職場進化論上等。

觀點來自思考，透過不同的思考方式能寫出不同的觀點。順向思考有助提煉出大家普遍認同的觀點；逆向思考有助寫出與眾不同的觀點；批判思考有助寫出有獨特見地的觀點；遷移思考有助寫出耳目一新的啟發性觀點。

3 如何寫出使人產生共鳴的金句

金句是什麼？

站在風口上，豬都能飛起來。
我不討好世界，我只討好自己。
愛上一個人，所以一直一個人。

這樣的句子都是金句。它們散落在文章裡，就像一堆黃豆中的幾顆珍珠。從形式上看，就是一篇文章中那些標粗的、單獨列出的，甚至被做成海報的句子。

從重要性上看，如果讓你把一篇三千字文章九成內容刪掉，剩下的就應該是那些金句，如果不是，說明你金句選得不到位。金句一般有以下四個標準。

（1）短小精練，一般是一兩句話。

（2）朗朗上口，讀起來節奏感比較好。

（3）多為觀點型句子，啟發感強，引人共鳴。

（4）一般和文章核心立意相關。

對一篇文章來說，金句就像是夜空中那顆最亮的星，最引人注意，能讓人產生共鳴。

寫金句的四個常用技巧

①重複

這裡的重複，是指**句式重複**或**用詞重複**。具體的做法是：在前後兩句話中，出現相同的詞或句式，較常見的是**重複動詞**。比如英國前首相梅伊與工黨黨魁柯賓論戰時說：「你領導一次抗議，而我領導一個國家。」這是寫金句時一種最簡單的方法。這種技巧在很多經典廣告語中都有出現。

鐵達時手錶：不在乎天長地久，只在乎曾經擁有。

紅星二鍋頭：用子彈放倒敵人，用二鍋頭放倒兄弟。

iPhone 6S & plus：唯一的不同，是處處不同。

②環扣

環扣，在語法上是指將兩個字詞相同而排列次序不同的言語片段緊密相連，可以給人以循環往復的意趣，還可以構建事物間相互依存、相互制約或相互對立的關係。比如劉慈欣的《三體》中有一句：「給歲月以文明，而不是給文明以歲月。」羅振宇在跨年演講中說過：「沒有什麼道路可以通往真誠，真誠本身就是道路。」這兩句話都使用環扣技巧。環扣最大特點是：前後兩句話所用的詞語幾乎相同，只是前後順序更換，而且朗朗上口，非常有節奏感。

小布希：不是把敵人帶給正義，就是把正義帶給敵人。
甘迺迪：人類必須終結戰爭，否則戰爭就會終結人類。
尼采：當你凝視深淵時，深淵也在凝視你。

環扣可以使語句整齊勻稱，能揭示事物間的辯證關係，使語意精闢警策。

③類比

類比是找到一個共同的屬性，連接兩個不同的事物。在很多廣告文案和網路流行語中，我們都能看到類比手法。比如，在流行歌曲的歌詞中。

我愛你，就像老鼠愛大米。
愛就像藍天白雲，晴空萬里，突然暴風雨。
或是網路流行語。
每個人都是一條河，每條河都有自己的方向。
經典廣告語。
過期的鳳梨罐頭，不過期的食欲；過期的底片，不過期的創作欲；過期的舊書，不過期的求知欲。
類比手法不一定有很強的邏輯，但夠感性，非常能打動人心，這也是金句的一大作用和特點。

④ **押韻**

簡單來說就是每個句子最後一個字，韻母相同或相近，使音調和諧優美：

吃飯只吃金拱門，一生只愛一個人。
所有的內向，都是聊錯了對象。
故鄉的驕子，不該是城市的遊子。
好看的皮囊千篇一律，有趣的靈魂百裡挑一。
一切順利就覺得自己真行，遇到麻煩事就怪水星逆行。

金句寫作的練習方法

① 蒐集金句

金句之所以稱為金句，是因為有一定的稀缺性或者說獨特性。金句的產出並不是容易的事。為了學習如何寫金句，我們要先蒐集足夠多的金句。

從哪裡蒐集？從廣告、電影、書籍、文章、交談、思考中都可。比如我看電影、看書時喜歡蒐集一些好句子。

電影《刺激一九九五》裡有兩個很好的句子：「忙著活，或忙者死」「強者自救，聖者渡人」。

有本書叫《時間的格局》，裡面說：「唯有夢想，才配得上你的焦慮；唯有行動，才能解除你的焦慮。」

②分析金句

對於蒐集的金句，要經常拿出來分析好在哪裡。分析多了，就會發現答案開始重複。恭喜你，已找到一些普遍規律。然後可以把這些規律分類、歸納，總結出一些方法，甚至歸納出一些可套用的模版。

③原創仿寫

蒐集多了，分析多了，腦子裡的方法論和模版多了，很多時候你可以情不自禁地寫出一些來。有時，你可以找一些不錯的金句進行模仿、借鑒、改寫等。

舉一個仿寫的例子。比如我看到一句：中午不睡，下午崩潰。首先，這個金句有時間對照，且前後對稱；其次，它用了押韻技法。我可以仿寫兩句。

上學時不努力，畢業後做苦力。

前半生不吃苦，後半生就吃土。

寫文章時，創作金句一般需要三步。首先，通讀一遍文章，把瞬間能抓住眼球的、有啟發的、能使人產生共鳴的句子挑出來；其次，換位思考，想像面對百萬讀者，挑出那些覆蓋面更廣的句子；最後，用上面提到的四個技巧和方法精心琢磨這些句子。

4 如何善用動詞、名詞、形容詞

神經心理學認為，人的爬蟲腦（也就是控制人欲望的那部分大腦）更喜歡視覺化資訊，而不是抽象資訊。所以我們進行內容表現時，要多做視覺化表達，少用抽象化表達。具體來說就是兩個技巧：**少用形容詞，多用名詞、動詞**。

少用形容詞

文案廣告圈有個不成文定律：最好不用形容詞。想想看，在經典廣告中，確實幾乎看不到形容詞。

腦白金：今年過節不收禮，收禮只收腦白金。

旺仔牛奶：再看我，再看我，就把你喝掉！

聯想：人類失去聯想，世界將會怎樣？

鐵達時：不在乎天長地久，只在乎曾經擁有。

有句話是這樣形容形容詞的：「形容詞很虛妄，是飄的，無根，不及物。它華麗，但空洞，只能用來修飾句子，做不了主幹，成不了主角。最要命的是，它可以到處修飾，傍誰的肩，都親昵，有青樓氣。形容詞要節制著用。滿頭戴花的是傻村姑。閨秀只一朵，又孤又美。」這段話道出形容詞的本質。

不妨想像一下，你寫的文字要交給漫畫家呈現，他對著一堆形容詞要怎麼畫呢？

你說一個人個子特別高，漫畫家沒法畫。

你說一個人跟姚明一樣高，漫畫家知道。或者你說一個人兩百公分高或一百五十公分高漫畫家也知道。

當然不是說完全不用形容詞，我也會用，大作家也會用，但我們寫作時要時刻提醒自己，如果發現用名詞、動詞、數字、對比等能達到更好效果的話，當然就選擇不用形容詞。

多用名詞、動詞

文字表達最怕抽象，一抽象，讀者就覺得枯燥。那我們應該怎麼辦？要具象，具象就是寫出畫面感。如何寫出畫面感？形容詞做不到，只有多用名詞和動詞。名詞會告訴你「是什麼」，動詞則會告訴你「怎麼樣」。

很多廣告文案之所以效果好，就是因為用動詞和名詞在你腦中植入一幅畫面。當你遇到相應的場景時，這個畫面就出現了。

比如晚上去超市，看到了紅牛，想到明天上午請了搬家公司搬家，搬家工人肯定會很累，你腦子裡就蹦出一個畫面感十足的「睏了累了喝紅牛」，所以你貼心地為搬家工人準備幾罐紅牛。

陪女朋友逛街，想去吃點甜點，你想起來「愛她，就請她吃哈根達斯」，所以你們走進哈根達斯冰淇淋店。

吃完蔥味滿滿的午飯，想到下午約了人聊天，「吃完喝完嚼益達」這句話就跳了出來。有點小睏小餓，就想來點香飄飄奶茶；你中午餓了，不要叫媽，要叫餓了麼；你出去跑業務覺得餓了，就知道士力架能橫掃饑餓。

我在李叫獸的文章裡讀過這樣一段話，用一連串的「名詞＋動詞」把「你賺你的錢，但我享受了生活」表達得淋漓盡致。

你做簡報時，阿拉斯加的鱈魚正躍出水面。你看報表時，梅裡雪山的金絲猴剛好爬上樹尖。你擠進地鐵時，西藏的山鷹一直盤旋雲端。你在會議中吵架時，尼泊爾的背包客一起端起酒杯坐在火堆旁。有一些穿高跟鞋走不到的路，有一些噴著香水聞不到的空氣，有一些在辦公室裡永遠遇不見的人……

再舉一個例子，當描述一個人很厲害時，怎麼寫？寫一堆形容詞嗎？作家王朔寫作家阿城，是這樣用「名詞＋動詞」的。

阿城，我的天，這可不是一般人。史鐵生拿我和他並列，真是高抬我了。北京這地方每幾十年就要有一個人成精，這幾十年成精的就是阿城。我極其仰慕其人。若是下令，全國每人都必須追星，我就追阿城。

因為我們從小到大的寫作習慣就是華而不實地堆砌形容詞，已經變成潛意識的一部分。所以本節內容只靠自然而然的練習不容易改除，需要各位經常拿出自己寫的文章，刻意修正，刻意練習。

9 Chapter

傳播能力

沒有傳播
就沒有價值

1 為什麼傳播能力如此重要

沒有傳播，就沒有外部回饋

公開寫作必然要有傳播，否則怎麼叫公開寫作？

傳播的意義在於得到足夠多的外部回饋，比如大家對文章的按讚、轉發後文章的閱讀比例、讀者的留言、業內同行的看法、其他作者對你的評價，這些都是外部回饋。拿到這些回饋的目的是什麼？我認為是全方位提升自己的寫作能力。所謂進步就是不斷強化你的優勢，不斷彌補你的劣勢，不斷發現並解決你的問題。如果沒有回饋，你不知道自己的優勢在哪裡，更不知道自己的劣勢在哪裡。如果沒有傳播，就沒有回饋，人的進步只能依賴於自我審視、自我糾正。這個太難了，不識廬山真面目，只緣身在此山中。

沒有傳播，就沒有外部激勵

一個長期寫作者，很難靠自控力堅持下去，所謂寫作難堅持，因為沒有持續的外部激勵。如果一個人靠寫作能持續賺到錢，能持續得到讀者喜愛，能持續得到業內認可，能持續幫助讀者變得更好等，他會堅持不下去嗎？不會，他會越寫越帶勁。

在我的社團裡，越來越多人養成持續寫作的習慣。因為在社團裡，能持續獲得外部激勵：社團成員的按讚評論、我身為版主的持續獎勵，不少朋友因為寫作，在社團裡結交很多朋友，甚至找到與寫作相關的兼職。我三年前開始寫作，如今越來越喜歡寫作，歸根究柢是因為傳播。如今我有一個擁有三十萬名用戶追蹤的公眾號「粥左羅」，我寫的每一篇文章，少則幾萬次傳播，多則幾十萬甚至上百萬次傳播。在這個過程中，我得到足夠多的外部激勵，所以我越寫越起勁。

因此，每個寫作者都要重視傳播能力，傳播得越廣，你得到的越多。

沒有傳播，就不能對外創造價值

寫作是為了創造價值，為誰創造價值？為讀者。因為看了你的文章，讀者有所啟發，有所改變，有所行動，文章的價值就展現出來了。如何創造更大的價值？把有價值的文章傳播給更多人看。

文章的價值表現在兩方面：第一，**文章本身的價值**；第二，**文章被人閱讀**。文章的價值等於兩者相乘。如果第二個為零，第一個再高，相乘的結果還是零。你寫了篇文章，寫完鎖在抽屜裡，它能為讀者創造價值嗎？你寫了兩篇同樣品質的文章，一篇一百人閱讀，一篇一萬人閱讀，後者創造的價值就是前者的一百倍。

你寫的文章本身價值越高，越應該重視傳播，讓更多的讀者看到，這才是一篇好文章應該有的命運。做新媒體這幾年，覺得比較可惜的一件事是，有很多文章寫得特別好的作者不重視傳播能力的培養，而且他們絲毫不覺得這是個問題，認為把一篇文章寫好就夠了。可這個世界內容這麼多，讀者不會自動找上門來，那麼多好文章就被埋沒了。

沒有傳播，就不能對內創造價值

傳播文章的對內價值是什麼？打造個人品牌，累積個人影響力，被動拓展人脈等。

這個過程是這樣的：寫出有價值的文章↓把有價值的文章傳播出去↓文章對外創造足夠多的價值↓對外價值的創造過程中產生對內價值。

舉個例子，我寫了一篇足夠有價值的有關新媒體經營的文章，然後透過一系列傳播手段讓新媒體從業者看到，新媒體從業者閱讀後獲得啟發、提升工作技能，也因此認可了我，於是我因為這篇文章獲得業界影響力，同時他們可能因為想看我更多文章而關注我，這樣我又得到這個領域的追蹤者。如果沒有傳播，就沒有後續這些對外價值和對內價值。文章本身的價值是一，閱讀人數是在一後面加〇，傳播能力就是價值槓桿，所以爆文寫作的所有價值，都應該以傳播為前提。這個時代，每個寫作者要同時修煉寫作能力和傳播能力，將二者結合，才會天下無敵。

2 如何用平台放大你的能力

設計大師山本耀司說：「日本學生每天都會穿、卻毫不在意的學校制服，穿在法國模特兒身上那一刻，就成了時尚世界的一部分。」服裝沒變，但被模特兒穿在身上走上時裝秀的舞台，這就是平台的價值和力量。

文章傳播也是如此，需要借助平台的力量。一篇文章如果能在合適的平台上被推薦，其價值將會得到數十倍甚至上百倍放大。那麼如何用平台放大你的傳播能力？

尋找可依附的平台

第一步是先選定合適的平台，因為平台太多了，並不是每一個都適合你，一個人站在合適的位置上就會成為達人，站在不合適的位置上可能就是傻瓜。那麼該如何選擇平台呢？

①看平台是不是當下主流的內容平台

人不可忽視時代潮流。順勢而為、借勢而起，是最聰明的做法。可從現在開始留意當下的主流內容平台是什麼？說不定可以在上面創建你的小平台，依附於大平台。也可以在上面尋找小平台依附，例如不用非得自己做一個官網，可以找一些網路媒體尋求合作。

②看平台的風格是不是你喜歡的

在大平台上，有人喜歡網路論壇，有人喜歡社群網站。在小平台上，每個細分領域都有很多不錯的個人網紅，這些都算是大平台上的小平台，可以從中選自己喜歡的。

③看平台的實力

如果想在特定領域中寫作，如科技領域、創業領域、企管領域、職業成長領域，那麼就要去找這個細分領域中有實力的大官方帳號媒體。一篇文章有機會發在大媒體上，絕對不要發在閱讀量才幾百的小媒體。我在這個領域中發展得快，是因為我入行就是在一個擁有四十萬用戶的大公眾號上寫文章，我發出來的文章至少都是上萬閱讀量，有傳播就有回饋，我就能持續快速進步。如果我當時是在閱讀量幾百的公眾號上寫文章，進步一定很慢。

④看平台能否為你賦能

一個平台再強，不能為你賦能也是白搭，所以在上面幾條的基礎上，還要看哪個平台更願意跟你合作，能為你賦能。比如我的知識星球社團有大概六千人，從受眾數量來看不算是實力強的平台，但在我的社團裡我願意為寫作能力強的朋友賦能。知識星球也不算一個很強大的平台，但是這個平台願意跟我合作，願意使用資源推廣我，這就夠了。

與平台進行利益綁定

選定合適的平台之後，要嘗試與平台進行利益綁定。為什麼要做利益綁定？因為在所有的關係裡，最長久、最友好、最能相互成就的關係，一定是雙方在同一條利益鏈上。有哪些利益綁定的方式？

- 成為簽約作者。像是成為一些優質公眾號的簽約作者、網路媒體的專欄作者。
- 成為重點扶持對象。如成為某些社群的重點成員。
- 長期投稿合作。如固定給某幾個媒體投稿。
- 加入一個平台。像是直接去喜歡的平台上班，這樣上稿的機會就多了，而且公司當然會優先扶持自己人。
- 以其他利益綁定為基礎。例如在線上課程平台上開發課程，那絕對會給你一定的資源。例如我在知識媒體平台「知乎」上有一門課，雖然我從來沒有經營過知乎帳號，但結果還是導流過來一千多名追蹤者。比如我在知識星球上成立社團，知識星球就用近百萬的官方公眾號推薦了我好幾次。

利益綁定的方式應該有很多，每個人在實踐過程中都要善於觀察，看看有沒有雙方共同的利益點，只要利益是一致的，就有合作的空間。

爭取更多推廣資源

找到平台，進行利益綁定，下一步要想的是如何爭取到更多的推廣資源，推廣的力度越大，你的能力越能被放大。如何爭取？我的經驗有以下三點。

① 你自己要重視

在我從事第一份和公眾號相關的工作時，該公眾號經營團隊包括六個新媒體編輯和近十個寫文章的記者。可是公眾號每天的頭條位置是有限的，一個頭條位置被別人用了，你只能發第二條、第三條了，頭條文章的閱讀量可能要高三到五倍。我當時非常重視，每天盯著頭條位置，看大家的排期，爭取寫了就能發頭條，這樣才能最大化地增加自己文章的價值。

在我從事第二份和公眾號相關的工作時，公司出錢推廣我們幾個老師的課程，最後我的課程被推廣的次數最多，為什麼？因為我最重視。我一看公司要掏錢推廣了，當然不能怠慢，其他老師不好好準備，而我拚命準備；知道某門課最後肯定是主推轉化率最高的相關課程，別人不重視我重視，我就能得到更多資源。不管在哪個平台上，一定要記住資源是有限的，你自己不重視，被別人拿走的資源一定更多。

②主動銷售自己

你有能力，和讓別人認可你有能力、知道你有能力是兩回事。所以，你寫出好的作品後要主動銷售，說服平台或公司幫你推。有好的選題機會，你也要主動銷售自己，讓自己參與進去。很多公司、平台每年都會有很多重要的選題或傳播事件要做，這些一定是公司和平台要使用資源推的，你參與進去，就可以借勢。

③學會適當吃虧

曾經有個前輩跟我說，比較弱的時候、沒名氣的時候，要學會吃虧，甚至主動給別人欺負你的機會，也就是讓別人得到更多，這樣大哥們才願意帶你。這聽起來很辛苦，但確實是一個可行辦法。比如跟一些平台合作時，多讓利於平台，可能平台更願意推你，因為覺得跟你合作收益更高。吃虧不是目的，獲取更多資源才是目的，吃虧的目的是為了變強大後不再吃虧。

你不夠強的時候，想要發展得更好，最好的辦法是借助平台的力量，利用平台資源放大你的能力。首先要多面向評判，選一個主流的、你喜歡的、有實力的、能為你賦能的、可依附的平台，其次要尋找你和平台的共同利益點進行利益綁定，這是長期友好合作的基礎，最後要重視爭取資源，主動銷售自己，必要時學會吃虧換取更多資源。

3 如何借力關鍵傳播節點

傳播的第一層是讓讀者閱讀，第二層是讓讀者轉發。這一節我們講的更多的是第二層，即轉發，因為轉發代表增量，會帶來更多讀者。轉發靠的是什麼？一個又一個的人。

不過，人和人的能量不同，有的人沒傳播動力，更沒有影響力，所以即便轉發也不能為你帶來多少讀者，而那些傳播動力強、影響力大的讀者，每個人都有能量為你帶來一波新讀者，我們稱這些人為關鍵傳播節點。關鍵傳播節點有哪些？如何借力？

經營轉發動力強的種子讀者

什麼是種子讀者？簡單而言，種子讀者就是價值觀統一、認同感強、具有超級黏性的鐵桿粉絲。這裡的「轉發動力強」是什麼意思？這些讀者影響力未必有那麼大，但是因為他們非常認可你、信賴你、喜歡你，他們幫你轉發的意願很強，同時他們認為自己也是你這個內容組織的一員，也有壯大組織的意願，這個組織越強大，他們也越驕傲。通常你讀者越少，你的每個種子讀者貢獻力量的動力越足，因為讀者越少，你的經營要更有深度。

我的公眾號只有一萬名追蹤者的時候，對於每條留言、每條訊息，我都會回覆，並盡可能讓大家加我的私人帳號以進行更多互動，這種經營讓大家非常願意幫我轉發文章。當然，在做大的過程中依然要盡可能保持互動，留言的回覆、精選非常重要，如果可以的話，讓更多追蹤者加你的個人帳號，並且建立核心讀者群，安排專人經營，定期和種子讀者互動等。

求助影響力大的特殊讀者

我初期經營公眾號的時候，讀者不多，所以轉發也不多，當時我想了一個辦法：把自己的通訊軟體好友裡影響力比較大的人篩選出來，一個個私訊，求對方幫忙轉發自己的文章。這樣做的效果非常不錯，這些人在自己的領域都能影響幾千人，而且他們影響到的人群品質也很高，因此文章被他們轉發分享後都會有不錯的傳播。這類人就是我們要苦心經營的關鍵傳播節點。如何經營？

- 首先你寫的文章要有價值，不能拿爛文章給他們，還讓他們幫你轉發。
- 通過朋友連結，與更多有影響力的人成為網友。
- 平時注重在社群網站、即時通訊軟體上跟這些朋友互動。注意，我指的是正常互動，不是分享文章，而是先成為朋友。

- 多在社群網站分享你寫的文章，分享時最好認真寫轉發推薦語，他們認可的話，你不說他們也願意轉發。
- 必要時可以直接求助，但一定要設想好話術，寫話術時記住你是在求助別人。

關於關鍵節點的能量，我再舉兩個例子。

我有個朋友老喻從二〇一三年開始做他的公眾號「孤獨大腦」，他寫的文章都很不錯，但是一直沒多少人看，一直到二〇一七年才做起來。怎麼做起來的？因為他的一篇文章影響到了關鍵節點羅振宇。羅振宇在一期節目中給大家推薦老喻的一篇文章，給這個帳號導過去近五萬名讀者。

著名投資機構經緯中國的創始管理合夥人張穎是我的朋友，他參與制作創業電影《燃點》，電影上映那天，他發訊息問我能不能幫忙寫篇文章。因為是朋友，因此我第二天就寫了文章發在自己的平台上，幫這部電影帶來十五萬人次的曝光量。在這件事上，我就是張穎要影響的關鍵傳播節點。

經營好平台型關鍵傳播節點

上面兩個關鍵節點都是指人，這一部分指的是平台。

二〇一八年三月，我經營公眾號之前，根據自己的內容定位篩選了幾十個內容定位跟我有重疊的帳號，想辦法都加了好友。然後每當我寫出高品質、內容又不錯的文章時，我都會發個私訊，希望對方轉載我的文章，這在初期給我幫了大忙。

你的文章被百萬知名社群經人轉載一次，閱讀量可能就會超過十萬，同時也能給你帶來不少讀者。後來因為我的文章越寫越好，轉載也越來越多，我就建立了白名單群來經營。

平台型關鍵傳播節點不僅僅指知名公眾號，還包括其他平台，包括有影響力的社群等。比如我做某節課的時候，在幾個高品質微信群分享了推廣文和海報，也帶來不少傳播。

當然這些關鍵平台背後，還是有一個人在負責，你本質上要經營的還是背後這個人，因為是他在掌控平台節點。

其他關鍵傳播節點

還有一些關鍵傳播節點不便歸類，也因人而異。比如有的人會有機會出書，那麼書就是你的一個關鍵傳播節點。我有逛書店的習慣，逛書店的時候喜歡看書的行銷策略，我發現有的作者有自己的內容平台，但是書的折口上沒有放個人平台的QRCode，這就是不會利用關鍵傳播節點。有的人可能會去一些論壇、大會發表演講，一定要借機宣傳一下自己的內容平台。或是你可能會跟一些平台合作課程，那麼可以在課程和課程推廣文案裡植入個人帳號資訊，這也算效果比較好的關鍵傳播節點。

文章的傳播背後是一個又一個的人在發揮作用，尤其是那些傳播動力強的種子讀者和影響力大的關鍵節點，首先要產出足夠好的內容，其次要帶著這些優質內容經營好你的關鍵傳播節點，讓他們為你的傳播賦能。

4 如何分析數據，優化傳播能力

為什麼要分析數據？原因是避免臆測。

人是主觀的，數據是客觀的。數據可以最直觀、最理性地告訴你：你在哪些方面做得好，在哪些方面做得差，在哪些方面需要及時糾正。這是行動網路時代給寫作者的福利，在傳統媒體時代我們是拿不到很多數據的，拿到的數據也沒有那麼準確。

因此每個寫作者都要有「數據思維」，研究傳播時少一點「我覺得」「我認為」，多一點數據支撐。因為人的判斷力經常是不可靠的，至少是不穩定的，而數據不會撒謊。那麼，我們應該分析哪些數據，如何分析？

閱讀總量

上一節講到，傳播的第一層是讓讀者閱讀，第二層是讓讀者轉發。因此我們分析資料的時候，首先要看的是一篇文章的閱讀總量。

閱讀總量跟你的選題、標題品質直接相關。因此，標題和選題是影響傳播的關鍵點。你的選題、標題好，點閱率就很高，相對的閱讀量就不會差；選題差、標題不好，讀者的點擊欲望就會瞬間下降，相對的閱讀量也一般不會好。

所以每天要透過這個數據來覆核對選題的敏感度、對標題的掌控度，進而更好地預判閱讀量。

轉發分享

在傳播數據中，最重要的就是文章的轉發分享人數。點閱代表你的高黏著度粉絲，分享人數代表你的增量讀者。如果你的帳號閱讀量很高，但高閱讀量只是靠點閱率實現的話，那就不好了，因為這樣成長就停滯了，只有分享才能帶來新的增量。

- **閱讀量低、分享人數低**：說明選題、標題差，寫得也不好。即喜歡看的讀者不多，看完願意分享的也不多。
- **閱讀量低、分享人數高**：說明標題差，但寫得好。標題不好，點閱率低，但是看過的都說好，都願意分享，所以分享人數很多。但因為標題差，分享也沒帶來多少增量，所以閱讀量還是不高。
- **閱讀量高、分享人數低**：說明標題好，但寫得不好。這個就是標題下太好了，讀者一看就想點，但看完文章覺得很不好，於是不想轉發。

- **閱讀量高、分享人數高**：說明標題好、寫得好。這就是我們追求的。

互動數據

互動一般指按讚和留言，這兩個資料若是理想，可以刺激更多轉發分享。

按讚數能夠非常直接地反映內容品質，如果閱讀量很高，但按讚數很低，說明大部分讀者沒有認可你這篇文章，傳播效果勢必不好。

留言數是判斷選題品質的風向標，如果你的選題特別好，戳中讀者痛點，滿足讀者需求，留言區一定很活躍。如果留言區非常冷清，說明這個選題不是大家感興趣的，或者說明你的文章品質太差了。這些也會直接影響傳播。

使用者數據

使用者數據是傳播效果的最終反映，因為讀者增長是我們傳播的終極目的——擁有更多讀者。

使用者數據一般有新增數、取消關注數和淨增數（新增數－取消關注數＝淨增數）。因此我們首先關注的是新增數，而且最好將這個數據跟閱讀量、分享人數一起看，因為不同的文章，帶來新讀者的能力是不同的。有的文章十萬人看了，只有一百人關注你；有的文章十萬人看了，可能有幾千人關注你。我們要不斷分析這個資料，以便知道寫哪類文章、怎麼寫文章，傳播效果好的同時轉化效果也好。

其次，我們要關注取消關注數。取消關注是已有讀者對你發出抗議信號，不是你的內容定位並非他們喜歡的了，你的內容沒有從前好了，就是你的內容傳遞出他們不認同的觀點和價值觀，這個也要重視。另外，適當比例的取消關注是正常的，讀者來來往往是常態，就像人們喜歡的東西一直在變，你要關注的是那些非正常數據，比如某天取消關注數異常高，就要認真分析了。最後，我們要關注淨增數。淨增數才是我們一次傳播的果實。每日淨增數的理想狀態是：整體穩定，呈上升趨勢。淨增數至少是穩定的，不要今天淨增一千，明天淨增二百，後天又淨增五百，如果每日淨增不穩定，那說明每天的內容不是持續、穩定、符合讀者預期、滿足讀者價值的，這時候就需要進行調整。如果淨增是負的，就要停下來重新規畫內容。

定期覆核

定期覆核可以讓你周期性地、整體性地看這些數據，核心目的是總結普遍規律。

比如一個月結束，要看整體數據，清楚閱讀量最高的五篇文章是哪些，轉發人數最多的五篇文章是哪些，整體數據最差的五篇文章是哪些，再個別去分析原因，然後在後期的經營中揚長避短。

同時還可以建立一個爆文選題庫，把每個月閱讀和傳播數據最好的標題、選題都整理進去，後期做選題、起標題時都可以做參照。

每個寫作者都要有「數據思維」，將資料量化、回饋、指導傳播工作，用資料明確傳播目標。心中有數據，才能得心應手、進退有據。

10 Chapter

日常訓練

讓寫作融入生活

1 重新定義輸入能力

我在闡述寫作能力的三個核心時提到一個觀點：沒有持續、大量、優質的輸入，你的思考和輸出就是無本之木、無源之水，寫什麼都有心無力。

寫作是對輸入進行思考後的輸出。因此，學好寫作，要先**保證輸入**。有一次媒體採訪我問了一個問題：「現在很多人的工作已經占據生活大部分時間，輸入的頻率肯定遠遠跟不上輸出的頻率，那該怎麼辦？」有這個問題，代表大家把輸入定義得狹隘了，很多人認為讀書、讀文章才是輸入。我說過一句被大家廣泛引用的句子：「萬事萬物，皆可輸入，皆可輸出」。其實這是一種強大的輸入思維。為什麼那些學習高手的學習效率那麼高？因為他們有一個開放的思維，身處這個世界中，萬事萬物都是他們輸入、學習的對象，絕不僅僅是閱讀的時候才是輸入。而且他們的開放思維讓腦子裡的知識可以隨時與萬事萬物連接，知識之間一旦產生連接，就會變成一張強大的知識網路，這個網路越織越大，成為保證持續輸出的系統能力和系統資源。

工作、生活中，看見即輸入

在街上走時，我會想，這條街和街上的每個店鋪，多像官方帳號列表啊，每家店的名字和招牌都是帳號的名字和頭像，然後我就從新媒體傳播的角度來看待這條街，思考帳號頭像和名字的重要性。

我去海底撈吃飯，我一邊吃一邊觀察海底撈的服務，思考每一個服務細節為什麼這麼做、這樣做能給我帶來哪些不同的體驗、為什麼海底撈的服務生能做到這樣、跟企業文化還是激勵機制有關……這些輸入就可能變成之後我寫文章素材的一部分。

你在工作中瀏覽文章、社群網站、各種網站，不要覺得看文章才是輸入，評論區其實也是一個素材金礦，經常會誕生很多哏王，也常常會迸出很多金句，尤其是熱門評論有時候還能引起不小話題，你看到這些也就有了輸入。我的文章很多切入角度，都是在一些文章的熱門評論裡看到的。

工作、生活中，聽見即輸入

看是一種輸入，聽也是。我們一天大概有三成時間在聽，但絕大部分被我們聽到的事情通常是「左耳進，右耳出」，並沒有輸入。如果有效利用聽到的這些內容，就又多了一種重要的輸入方式。

怎麼透過聽進行輸入呢？不需要刻意去尋找聽的對象，只要對周圍的聲音稍微留心一點就可以了。比如今天聽到同事對一件事發表看法，隔壁辦公室有人因為什麼在吵架，打掃阿姨的抱怨，大家午飯時談論的話題等，這些都是可透過聽進行的輸入。聽到的這些可能會讓你產生思考和想法，也可能成為寫作素材，幫你找到新的寫作主題。

我經常在咖啡廳和燒烤店聽陌生人抱怨、扯淡、吹牛，那裡聽到的素材最大的魅力就是真實、接地氣，在那裡蒐集的素材很容易使大家產生共鳴。比如我在文章裡寫過兩個女同事在咖啡廳罵老闆傻瓜的故事，寫過幾個中年男人在燒烤店裡談要創業顛覆騰訊、阿里的故事。再比如，我寫的《我月薪只有六千，但真正讓我焦慮的根本不是月薪六千》這篇文章源於有一次坐計程車的經歷。那個司機在車上和我說了很多，我一邊聽一邊思考，在傾聽過程中我蒐集許多素材。後來我對這些素材進行整理，最終拓展成一篇文章。所以，我聽司機說話的過程其實就是一個輸入的過程。

與人聊天，主動索取資訊

真正懂得抓住一切機會輸入的人，都是「訊息索取型」人，尤其是在與人聊天時。

二〇一八年五一假期，朋友約我上山露營。我們自己租車前往，車程有幾個小時。路上我們五人就一直聊天閒扯。這五人中有個律師朋友，他是發起這次露營的朋友帶來的好友，我跟朋友之前都不認識他。路上，我只要跟他聊天，基本上就是在問他問題。

你們做這一行的，需要什麼證書？好考嗎，考取比例是多少？
像你這樣的律師，晉升一般都是怎樣的，有哪些管道？
能不能升得快，主要看律師專業知識，還是別的？一般升一級需要多久？
你們的專業能力，必須要靠處理一件件不同案件累積嗎？有別的好辦法嗎？
你們的主要收入構成是怎樣的？如果想短期大幅提升，主要靠什麼？

我還問了很多在他看來可能很幼稚的問題，但是他都很願意回答，而且回答得很認真。露營歸來後，我跟朋友吃飯聊天，我說他老問我平時怎麼輸入，我答其實在任何時間都可以進入輸入狀態，任何事情都可以變成學習對象，只要渴望學習，但並不是指必須讀書、聽課。我說，「上次前往露營路上，我們是不是都在聊天？有沒有發現同樣都在聊天，性質完全不同。你們很多時候一聊天就是純閒扯，特別是兩個人不認識，就尷尬地聊一些有的沒的，過程中逮住機會就恭維對方一下。這樣一個小時過去，聊天內容沒什麼訊息量，更談不上資訊密度。再回憶一下，我是不是一直在問問題？」

輸入不僅靠讀書，也可以靠讀人，每個人都是一座行走的圖書館，每個人身上都有值得學習的地方，他在做跟你完全不一樣、你平時又沒有機會接觸的工作，你難道沒有好奇心嗎？難道不想拓展一下自己的認知範圍嗎？

如果你想，就不停地發問，坦誠地發問。比如有一次我在理髮店，在洗頭的半小時裡，基本上也是在不停發問：「你們店開幾年了？」「北京有多少店？」「你們一般新招一個人會做哪些培訓？」「你們休息的時候一般都會做什麼？」「你們一天大概有多少客人？」「你們店的收入結構大概是怎樣的？」這就是訊息索取，不是閒扯，洗個頭就能學到很多東西。

任何時候，都可以把一次無營養的聊天閒扯轉變成一次有意義的「訊息索取」。

觀影、聽歌等，主動製造關聯

在電影院看電影時，大家都覺得開場前的廣告很煩，但我會很認真看，思考這些廣告的投放選擇是怎麼形成的？是不是根據這部電影的受眾人群來選擇的？這種大銀幕廣告，幾秒更合適？什麼樣的品牌喜歡在院線投放？這個廣告用的是什麼技巧？是製造嚮往還是解決麻煩？這就是在跟我學過的其他知識進行關聯。

在看電影過程中，我會有意識地記一下好的台詞，觀察電影的攝影布局，思考編劇如何構建故事結構，導演怎麼表現人物性格。這就是在往寫作上製造關聯。

當我聽一首歌時，我會想：這句歌詞太棒了，或許能變成一篇文章的題目；這首歌評論區的金句太多了，哪些句子我今後寫文章或講課的時候能用得上，截圖收藏一下。

看電影、聽歌、看演講、看話劇、看採訪、看展覽、看綜藝等，都要在其中主動製造跟寫作相關的關聯，可能很多片段都會變成之後寫某個主題的重要素材。

已有輸出，可再次輸入

假如你寫壞一篇文章，你會怎麼處理？我想大多數人可能都會刪掉或者不管。其實這些寫壞的稿子也能成為我們輸入的來源，它們是有利用價值的。寫文章是對輸入進行思考後的輸出，可能這篇文章寫得不好，但它附著了你的思考路徑，可能還會有一些可以再利用的觀點和案例，這些都是可以被再次輸入的。比如我就經常寫壞很多課程大綱。有一些寫偏了，有一些寫得不夠好，那麼這些寫壞的大綱就沒用了嗎？當然不是。我會重新對這些廢稿進行梳理：那些寫偏的，我會看看能不能在其他課程用；那些寫得不夠好的，我就找出其中寫得好的部分，然後重新調整。這種對廢稿的處理過程就是一個輸入過程。

當寫了一篇自己都看不下去的文章時，當寫文章寫到一半就放棄不寫時，當投給媒體的稿件石沉大海時，千萬不要將辛苦寫好的文字刪除，也不要放任不管，可以蒐集整理起來，沒事翻一翻，想想當時的思路和感覺，有哪些觀點和案例比較不錯，寫得不好的地方有什麼問題，這些都可能幫你找到新思路。從一篇寫壞的文章上得到新東西的過程，就是一個輸入的過程。

除了廢稿，你的成稿也可以進行再次輸入。寫得好的地方繼續保持，不足的加以修正，溫故而知新。作家亨利．米勒（Henry Miller）說過一句話：「藝術家是什麼？就是那些長著觸角的人，是知道如何追逐空氣中、宇宙中湧動的電流的人。」其實寫作者也是如此，如果我們每天腦子裡想著要寫點東西，那麼你就會渾身長滿觸角，你會認真觀察生活，聽人講話，問人問題，會更投入地看電影、看影片等，因為你需要不斷蒐集素材，所以養成時刻輸入的習慣。

2 重新定義處理能力

寫作是一個把輸入轉化為輸出的過程，而推動這個轉化過程的是你的**資訊處理能力**。所有輸入都不會直接成為素材，而是要先經過大腦處理。你處理成什麼樣，素材就是什麼樣，寫出來也會是什麼樣。你是如何定義素材的處理能力的呢？大部分朋友都只有一個模糊的概念——思考。在這一節中，我們將講述素材處理能力。

要講素材處理能力，我們就要先講素材是一種怎樣的存在形式。

學者劉蘇里老師在《論立法》第五講裡這樣說：「法律乃民族精神的展現，歷史像一堆雜亂無章的文件，是法學家不得不去處理的素材，法學家要做的就是賦予法律素材一種精神到邏輯的形式。」我覺得這段話很精闢，寫作也是同樣道理：文章是寫作者精神的展現，輸入像一堆雜亂無章的文件，是寫作者不得不去處理的素材，寫作者要做的就是賦予寫作素材一種精神到邏輯的形式。

什麼是素材處理能力？我認為是篩選、歸納、提煉的能力。

識別篩選

萬事萬物皆可輸入，這是最好的事，也是最糟的事，好的是可以吸納萬物的能量為己所用，糟的是如果不懂如何高效處理資訊，就會被洶湧的資訊包裹，身在其中卻無法利用。

怎麼高效處理資訊？第一步是識別篩選。

你處理不了所有資訊，也不需要處理所有資訊，這是識別篩選的內在邏輯。

① 學會篩選優質資訊

你每天的時間都是有限的，能處理的資訊也是有限的，所以要優先去處理那些更優質的資訊。比如看電影時，不要花兩分鐘時間選一部要浪費兩小時的爛片，寧願在選擇上多花一點時間，看看網友評價等。有兩小時閱讀時間，不要滑手機漫無目的看到什麼新聞就點開從頭看到尾，要先判斷值不值得看，不要打開社群網站從上往下什麼都看，要先看看你關注的那些優質粉絲團有沒有一些重要文章是你還沒看完的。

② 學會識別資訊性質

我們在處理資訊的時候，要一邊看一邊識別資訊性質，比如這個資訊是事實、理由還是觀點、結論。識別資訊的性質是為了更順利地吸收。有的資訊是事實，直接記住就可以；有的資訊是觀點，觀點不是事實，否則就不是觀點了，既然不是事實，你要有自己的判斷；有的資訊是理由，要看能否解釋結論；有的資訊是結論，要想想能否想出合理的理由。

③ 學會按需求篩選

不是所有素材都適合我們的寫作主題，也不是所有素材我們都能運用得當。學會甄別素材，找到適合的、能被自己運用的，這是最重要的寫作素材處理能力。有些素材很精彩，但對我們的寫作主題沒有助益，這樣的素材就要被排除。比如我寫《俞敏洪：我整整自卑了十年，自卑比狂妄更糟糕》時，蒐集幾十篇關於俞敏洪的文章。為了更加高效，我在處理這些素材時，先用自信、自卑這樣的關鍵字檢索這些文章中的相關素材，因為這些內容是我最需要的。

歸納整理

為什麼要對資訊進行歸納整理？人的大腦一次能處理的資訊量是有限的，比如有一百條資訊，任何人都很難高效地處理應用，因為我們面對的是一百條獨立資訊。但是如果對這一百條資訊進行歸納整理，先分成五大類，每大類裡有二十條，每大類又分成四小類，每小類五條，這樣處理起來效率就高。比如這本書一共有四十多節，內容非常龐雜，為了讓大家學起來更高效，我們反覆歸納，最後整理成十一章。

寫文章處理素材時，要一邊找素材一邊分類：哪些是核心論點，哪些是子論點；哪些是案例，是哪一個論點的案例；哪些是原因，分條列舉；哪些是外部因素，哪些是內部因素；哪些是第一階段，哪些是第二階段……分類的方式非常多，根據寫作實際情況確定即可。

提煉總結

提煉總結是對資訊的終極處理。你讀一個故事，有何感受；讀完一篇文章，學到了什麼；看了一場電影，得到了什麼等，這些都是對輸入資訊的提煉總結。如何提煉總結？

第一，**歸納法**。歸納是指從個性到共性，從特殊到一般的思考方式。

比如我分析一些二〇一八年崛起的知名帳號，從這一個個具體的帳號發展歷程中，我得到一個結論：儘管新媒體紅利殆盡，但如果能持續提供大眾需要的稀缺內容，依然有機會從零到一做出一個有影響力的知名帳號。

第二，**演繹法**。演繹是指從普遍性到個性，從一般到特殊的思考方式，即亞里斯多德三段論演繹法——大前提、小前提、結論。

比如如果能持續提供大眾需要的稀缺內容，依然有機會從零到一做出一個有影響力的知名帳號。粥左羅團隊花重金與三位職業發展領域的大咖簽約，每人保證每周至少一篇原創文章輸出，因此二〇一九年我的自媒體「粥左羅」有機會逆勢成長，擁有一百萬名粉絲。

從今天開始，不要把資訊處理能力模糊地理解為思考，所謂資訊處理是指對資訊的識別篩選、歸納整理和提煉總結。

3 重新定義寫作能力

我們在前文定義過寫作能力，為什麼還要重新定義？因為前面是從寫作能力的價值這個面向上進行的定義，這一節我們從寫作形式上重新定義寫作能力。因為從形式上，大家將寫作理解為寫文章。其實不僅寫文章是寫作，一切表達和溝通都是寫作，都需要寫作能力。

加強日常溝通力，尤其是通訊聊天

葉聖陶先生說過：「寫文章就是說話。」其實反過來也是如此：說話也是寫文章。對別人說話，實際上是在腦裡進行碎片化寫作。寫文章是輸出思想，說話也是；寫文章是為了達到某個目的，說話也一樣。聊天和寫作有很多共通點，如同以下幾個方面。

- 文章要有主題，聊天要有話題。
- 文章要吸引讀者興趣，聊天要吸引對方興趣。
- 文章要傳達給讀者某些資訊，聊天要告訴對方某件事情。

・文章要提供良好的閱讀體驗，聊天要營造良好的氛圍。

日常溝通是最常見的寫作。你可以一天不寫字，但很難一天不說話。你可以把和同事溝通、打電話給爸媽、對任何人表達看成一個寫作過程，有意識地去訓練、提高自己的表達能力，寫作能力就會進步。

如今社交媒體發展迅速，通訊軟體聊天是我們日常溝通的主要途徑，是最輕量化的寫作。

大家千萬不要小看，覺得「通訊軟體聊天，誰不會啊」，但就是有很多人聊不好天。你每句話都能很準確地闡述想表達的意思嗎？對方是否能一眼就看懂？看懂後，他能順利接收嗎？這些都是可以提升的地方，這就是寫作練習。因為寫作就是溝通，聊天是一對一溝通，你寫的東西只給一個人看。

你在通訊軟體上請求別人幫忙、向別人解釋一件事、想告訴別人一件好玩的事等場景，特別需要認真組織語言，力求用短短幾句話表達清楚且達到表達目的。

我有篇文章，閱讀量不錯希望得到轉載，我就向一些大媒體的編輯發訊息：「您好，我自薦一篇文章，希望下次有機會可以轉載。這篇文章閱讀量已經兩萬多了，在我這算是爆文了，而且還在不停成長，刊登在你們的平台上很有機會到十萬。」看這短短幾句話，就把事情說得很明白了，而且其中幾個很關鍵的詞明顯是經過認真思考，不是隨便寫的。

經常有人向我發信求合作，但他們不懂怎麼寫，比如：「你好，我們需要專業的行銷合作，借你的公眾號發文推廣或幫我們策畫，歡迎溝通合作。」

這種溝通方式有很大問題，第一，對我這樣一個陌生人，我根本不知道你要推廣或策畫的業務是什麼，應該說得再清楚點；第二，共贏才能合作，光講你需要這需要那，為什麼不講下我能得到什麼；第三，至少留個聯繫方式吧，電話、即時通訊帳號、電子信箱都行。

寫作其實就是溝通能力，一對一溝通是最初級的，如果一個人連通訊軟體聊天都聊不好，那寫作絕對是問題，所以也要把聊天當成一個訓練。

職場中寫報告、郵件、發言稿

工作中一切需要寫點東西的情況，都是很好的寫作練習機會，比如寫申請、郵件、會議記錄、發言稿等。千萬不要小看這些事情，很多人都寫不好。我進入職場五年，做過幾年管理看過不少履歷，可以毫不誇張地說：九成的人連求職信都寫不好。寫履歷、求職信，考驗的就是寫作能力，這就意味同樣能力，很多人只是因為履歷、求職信寫得差，進而錯失很多工作機會。因此在職場中，寫作很多時候是一項強制性任務，但也是一項對你個人發展很有影響的能力。

我見過很多人，工作成績很不錯，但年會上台做年度工作報告時說得一塌糊塗，不瞭解的人還以為他們一整年沒做什麼呢。我還見過很多人，好不容易有機會站在幾百人甚至上千人的論壇、大會上演講，卻因為寫作能力太差，演講稿準備不充分，白白浪費一次展示自己的機會。我知道很多人連寫郵件都寫不好，很多老闆光看郵件標題都不想點開看內容。

工作中還遠不止這些寫作場景，比如經營自媒體時需要轉載其他人的文章，怎樣寫話術才能提高授權機率呢？很多人不會寫，我提出以下示範。

您好，我是負責「粥左羅」經營的小編，想轉載您的文章《XXXXXXX》，我們的帳號ID：XXXX。

粥左羅，有三十萬名追蹤者，付費學員近十萬人，文章平均閱讀量三萬以上，希望轉載的同時也能給您的帳號和文章帶來更多曝光。我們非常喜歡您的文章，以後也會多轉載，我們會嚴格標注來源，按要求轉載。感謝，望合作愉快。

這樣一段訊息發給對方後，因為說得足夠簡潔明瞭，態度誠懇，而且還說明對方能得到什麼，所以對方一眼就能理解，也比較容易接受申請，這考驗的也是寫作能力。

總之，一個人只要踏入職場就幾乎離不開寫作，我們可以利用這些職場中強制性的寫作需求去鍛煉自己的寫作能力。你學到的寫作技巧也可以用來優化職場寫作。

發布社交動態

我們幾乎每天都會在社群網站上發布自己的動態，比如發臉書、ＩＧ等。你用幾句或幾段文字進行吐槽、發表感想、記錄生活的過程，就是寫作的過程，而且是公開寫作。因為你發的東西是給別人看的，是為了獲取關注，否則沒必要公開發布。比如發社群動態貼文就是一個典型寫作場景，而且比通訊軟體聊天更進一步，從一對一變成一對多。

你寫一條社群動態貼文時要思考：我寫的內容能引起多少人的注意，十個還是一百個？一百個人注意到了，多少人會感興趣？在感興趣的人中，多少人看了能很順利理解我要表達的意思？他們會怎麼看待這些內容？發布的內容會給我的形象加分還是減分？多少人會反感我寫的東西？只想表達給某個人或某幾個人的想法我還要不要發？如果把發動態貼文當成寫作訓練，這都是要考慮的事項。我以前發過一則動態。

現在我做自己的公眾號壓力特別大，我每做一個動作，除了想到有讀者會看到，還想到我的一部分學員也會學習、模仿。

所以我希望能做個好榜樣，不論是動態貼文，還是寫每一篇文章的每一句話，都不取巧，要端正價值觀，要踏踏實實地做。希望讓他們看到，這樣做事也能做成。如果我有做得不好的地方，我希望原因是我能力還不夠，不是別的。我記得亞馬遜創始人貝佐斯說小時候爺爺對他講過：「選擇善良，比選擇聰明更重要。」

這條動態是我認真思考後寫下的，發出來後很多人按讚、評論，這些都讓我的個人品牌加分不少。

認真發動態不是說要想著怎麼「出風頭」，而是可以把每一次發布的社交動態都當成一項作品呈現，有意識地去優化，這不僅能對寫作能力有所幫助，也會為個人形象和品牌加分。只要想練習，你可以隨時隨地寫一條，發布在個人社交平台上，大家的按讚、評論就是對寫作的回饋。

隨時在內容平台上寫評論

我們平時都會活躍在各種內容平台上，比如新聞媒體官方專頁、看Netflix、聽音樂等，在這個過程中，你對一個事物的態度和評價都可以寫下來。比如看完一篇文章、聽完一首歌，可能都會有評論的衝動。可以把這種衝動理解為寫作的衝動，完全可以借助這種衝動寫點什麼，這也是日常的寫作訓練。我以前寫過一篇文章《俞敏洪：我整整自卑了十年，自卑比狂妄更糟糕》，這篇文章發出後我又讀了一遍，還是很有感觸，於是自己又在留言區寫了條小總結。

今天分享這個話題，是因為我曾經也自卑過，深刻明白自卑對一個人成長的阻礙有多大，自卑真的會讓人錯過很多東西，該得到的不敢去爭取，該抓住的機會總覺得自己不夠格去抓。

特別認同俞敏洪老師說的，擺脫自卑、擺脫恐懼，是快速成長的第一步。這兩年我用俞敏洪那兩招，慢慢擺脫自卑、建立自信，真的是成長更快，而且很多事情我開始敢主動選擇，而不是被動接受別人的安排和挑選，我可以自己掌控自己的人生。最後，願每個人都擁有自信。

你可以養成寫小評論的習慣，可以是觀後感，也可以是對內容的評論，還可以是對某個觀點的解讀，甚至是反駁。帶著這樣的目的，你閱讀時會更認真，吸收效率也更高，這些都會反過來提高寫作能力。

不要把寫作狹隘地等同於坐下來寫文章，所有溝通和表達都可以視為寫作，包括但不限於上述總結的四點，寫作無時無刻不存在於我們的工作、生活中。

4 如何讓寫作成為習慣

為什麼要讓寫作成為習慣？因為寫作是一門手藝，用進廢退，經常練手就熟，練得少手就生。寫作是長期的事，甚至對我來說是一輩子的事，如今我已成為一個終身寫作實踐者，寫作已經成為我每天的習慣。大部分人都把寫作當成一個非常正式的行為，好像沒個一天半天時間，不打開電腦寫兩、三千字就不算寫作，這就錯了。在這一節中我將結合我的經歷和對寫作的理解，談談如何讓寫作成為習慣。

確定目標

之所以要學習如何讓寫作成為習慣，一定是因為你還沒養成習慣。而對大多數人來說，寫作不是生活必需品，何況寫作也並不是件容易的事。對於這樣一件事，如果你想靠自覺性，自然而然地養成習慣，那是做夢，是不可能的。

你必須定一個目標，但是不要定「二〇二〇年我要努力寫作」這樣的廢話目標。目標必須有可衡量的標準。對於初學寫作的朋友來說，目標要夠簡單，先讓自己寫起來再說，因此我建議就定一個指標——每天的寫作字數要求。

大概評估一下自己的寫作能力，或者乾脆試著寫幾天，看看自己的水準，然後定一個可實現的量化目標，比如：每天寫三百字、五百字、一千字、二千字。

目標是用來完成的，以自己能堅持下去為宜，後面逐步升級即可。

隨時寫作

首先記住一個前提：你很忙。你可以規定一個每天寫作的時間，像是每天早上起來寫作一小時再去上班，或是每天晚上睡前寫作一小時，但不能總指望計畫如你所願，一天只有二十四小時，除了睡覺和工作還有太多要做的事。你不可能每天都有專門為寫作空出來的大段固定時間，而且生活中有太多不確定的事情會隨時打亂你的節奏。

養成寫作習慣的第一步，是放棄追求大段的、固定的、安靜的寫作時間，要學會培養隨時寫作的能力。你在一天中可能會產生寫點什麼的衝動，不要壓制它，不要說等晚上再寫，可以馬上寫起來。同時也要學會適應隨時停下寫作的節奏，這是隨時寫作的第二個祕招。很多人習慣用大段時間寫作，如果只讓他寫二十分鐘就不行，停不下來，有個詞叫「事來則應，事去則靜」，寫作也是這樣。

隨地寫作

很多人必須在書桌前坐下，來杯咖啡，打開電腦，才能寫作。寫作本就不是件高大上的事，不要太注重這些形式化、儀式化的東西。如果想讓寫作成為習慣，就要適應隨地寫作的習慣。

為什麼要隨地寫作？

首先，你的寫作靈感、情緒和感受是隨時隨地被觸發的，當被觸發時，就應該寫下來，所以應該在飛機、捷運、計程車上寫，而不是非得在書桌前寫。其次，你每天都有一些碎片時間浪費了，這完全可以用來寫作，比如在商場吃飯排隊的時候，在電影院等電影開場前，在理髮店等待的時間，上下班路上等。最後，你不一定非得在電腦上寫，在手機上寫也很方便，我現在習慣用手機寫東西，我在社群裡每天分享的短篇，幾乎都是隨時隨地在手機上完成的。

隨意寫作

如果你每天都要寫，必定在一段時間後進入「主題短缺」狀態，即每次想寫卻不知道寫什麼。我的建議是隨意一些，甚至最初為了讓自己養成寫作習慣，你可以為了寫而寫。

你可以寫原創觀點，也可以寫看完某個觀點的感受，可以自己寫故事，也可以寫聽完某個故事的啟發，還可以記錄生活和工作中的一些人和事，抑或寫寫自己當下的心情。

我的同事每天都會在我們的社團裡分享，有一天他實在不知道寫什麼，但最後他還是寫了，主題就是「不知道該寫什麼怎麼辦」。

在這個過程中你會進步得非常快，因為本質上你不可能沒得寫，只是思路沒有打開，思考空間沒有得到拓展，所以這個過程是很好的開發思維過程。

保持新鮮

想要長期寫下去，要不斷給自己製造新鮮感，否則就寫疲了，寫麻木了，沒有激情了。如何製造新鮮感？

偶爾嘗試一些沒玩過的平台。比如我之前一直在公眾號上寫作，寫了三年多，很疲憊。二〇一八年八月我開始在知識星球上寫作，新鮮感一下子就來了，每天寫得很帶勁。寫作平台很多，不要永遠只在一個地方寫。

偶爾嘗試一下沒寫過的題材。比如我的寫作題材包括人物、成功法、思維認知、學習方法等，偶爾我也會寫一些搞笑的、情感類的和熱點評論，寫新題材時會跳出自己的舒適區，有不舒服感，也有很多新鮮感。

保持學習。這看起來不搭嘎，卻是我長期保持寫作習慣最重要的手段。如果一直在看新東西、學新東西、經歷新的事，你的世界永遠是新鮮的，你永遠是充滿好奇的，於是你的寫作也是新鮮的。同時也要多聽課，學習新的寫作技巧，你會有躍躍欲試的衝動。

尋找動力

一件事持續地做下去，必定需要持續的動力推進，你不可能全憑自制力。對寫作的動力，即你希望透過寫作得到什麼，你可以有一個很直接的答案，比如想藉由寫作賺錢，這個答案很好，沒問題，不丟臉。在這個時代，靠寫作賺到錢的人很多，為什麼不能是你呢？

你的動力可以是打造個人品牌，或者更直接一點，經由寫作出名。有的人的寫作動力是有一天可以在自己喜歡的書店看到自己的書，順便說一句，這也是我的動力之一。動力可以是多樣的、私人的，只要能持續給你力量。另外一個尋找動力的方法是看其他人的寫作故事。這對我來說是很有效的，我對寫作熱情不夠的時候，就會去看一下喜歡的作者的寫作經歷，看一下靠寫作改變自己的勵志故事，每次看完我就會重燃熱情，繼續寫下去。

加入組織

二〇一八年八月至今，我最為自己驕傲的一件事是創建一個超過五千人的成長社團，並且在我的影響下，社團裡很多人養成每天寫作的習慣。

一個人可以走得很快，但一群人可以走得更遠。寫作是一種學習方式，也是一種成長方式，學習和成長是艱難而孤寂的，因此環境很重要、氛圍很重要，找到一個組織，大家一起做這件事是個好辦法。

還有個更簡單可行的辦法就是多結交一些愛寫作的朋友，你的朋友圈裡寫作的人多了，大家會互相交流，也會不自主地互相影響，讓寫作之路不再孤單。

讓寫作成為一種習慣，聽起來很難做起來也不容易，不過一旦熬過最初階段，寫作會成為生活的一部分，從此你會跟別人不一樣，你擁有了一項終身受用的技能，同時正在變得越來越好。

5 如何打造寫作系統能力的穩定性

本節是我希望大家看完本章後能夠達成的一個目標，即建立寫作系統能力。

什麼是系統能力？我借用梁寧的話向大家解釋一下。「給你泥土和水，你能做出一個蘋果嗎？」幾乎每個被問到這個問題的朋友都會茫然，但用泥土和水做出蘋果，是蘋果樹的系統能力。我們看到的所有結果，都是系統能力的產物。比如我寫了一篇文章，別人看到的就是這篇文章——這是一個結果。我寫這篇文章可能用了四小時，但這四小時寫出來的東西，其實是我對這個主題長期思考後的一次有針對性的梳理和呈現。

寫作不是一件可以瞬間爆發的事，而是長期累積的系統產物。一篇文章的背後有整個寫作系統的支撐，這套系統包括長期對這個話題的思考、長期閱讀、經歷後沉澱在腦子裡的素材，以及長期累積形成的一套寫作方法論。

再講一個案例。我們經常會後悔做過的一些選擇，有的人會說：「早知道是這樣，我大學畢業時應該選A公司，不是選B公司。」

後悔是沒有用的，為什麼？因為即便有機會回到過去，大概還是會做出同樣選擇。看似當時只是做了一個選擇，但那個選擇其實是你基於過去的認知、經驗、判斷力做出的綜合考慮。因此即便回到過去，支撐你做選擇的那個系統還是沒有變，所以還會做出一樣的選擇。這就是系統能力的意義。

我們這一節還有個關鍵字——**穩定性**。只有系統持續穩定，才能持續產出穩定的結果。如果一棵蘋果樹沒有持續的土壤養分供給，沒有持續的日照、水分供給，它產出蘋果的能力就是不穩定的。寫作也是一樣，如果沒持續穩定的系統，寫出來的文章就會是不穩定的，一方面是品質的不穩定，時好時壞；另一方面是持續能力不強，你會經常產生靈感枯竭、無法產出的感覺。那麼如何使寫作系統更穩定？

建構穩定的認知系統

寫作不是只有文字工作者才需要磨練的能力，人人都需要寫作能力。寫作是經營人生的一項基礎能力，可以提高我們的表達和溝通能力，是鍛鍊思考能力的重要手段，是促進成長的最好方式，是學習效果和個人能力的放大器。

寫作是對輸入進行思考後的輸出，訓練寫作能力的三個核心要素是輸入、思考、輸出。其中，輸入是前提，思考是本質，輸出是結果，學好寫作三者缺一不可。

練習寫作的第一步，重點不在技術層面而在心態層面，要從心底接受自己暫時寫得差這個事實，要知道你最大的對手是自己，別人沒有時間笑你。千萬不要等準備好了才開始寫，先行動你就成功了一半，從寫好一段話開始，堅持用正確的方法持續訓練，一定會越寫越好。

長期持續寫作，一定是因為你從本質上明白了寫作的重要性，並且能持續從中受益，能不斷看到自己的進步。有時需要借助外力來完成周期性的成長。要反覆思考這些認知，直到你徹底相信。馬雲曾說過，多數人因為看見而相信，少數人因為相信而看見。

提升寫作能力這件事就應該先相信，而後才能看見。

如果你為寫作建構了這樣穩定的認知系統，你不會不重視寫作，不會輕易放棄寫作，不會不願意公開寫作。

建立穩定的輸入系統

輸入是寫作的源泉，就如同泥土和水對蘋果樹一樣。如果輸入系統不穩定，輸出必然不穩定。之前我的一個學生約我喝咖啡，聊他在寫作上的困惑。他聽過我的課，學了很多寫作技巧，順利成為網路媒體的寫手。一開始很厲害，接連寫出一些品質不錯的爆紅文章。但問題很快就暴露出來了，他的持續力不夠。寫了三個月之後，他不知道還能寫什麼，也寫不出很好的文章來了。這是他找到我後講述的最大困惑。

我當然明白，我對他說：「你學了一整套新媒體寫作技巧，其實是你建構了一個不錯的輸出系統。同時你之前沒怎麼寫過文章，所以過去的全部閱讀經驗和自身經歷還沒有被消耗。突然開始寫作，你會發現寫篇好文章並不困難，因為有大量沒被用過的素材和思考儲存在大腦中，隨時等你取用。但是你現在寫了三個月，過去累積的、能被取用的優質思考和素材已經消耗殆盡，所以現在沒得寫了，也寫不好了。」

我給他的建議是從輸入端著手解決，要堅持每天有一定量的閱讀輸入，持續累積，持續思考，這樣在接下來的寫作中才有新東西可以被持續徵用。要想提高寫作水準，就要養成持續輸入的習慣，建立穩定的輸入系統，堅持讀好書、看優質文章、多累積經驗、多看好電影、跟水準高的人聊天等，持續汲取寫作的養分。

搭建穩定的處理系統

所謂處理系統，其實承接著輸入系統。如果不能好好處理，輸入就是低效的，其結果就是輸入也好不到哪裡去。處理系統就是你的思考系統，是指你如何思考、如何消化所學的知識。這個系統沒有統一標準，每個人都有適合自己的學習和思考方式。

你可以做筆記。做筆記不是寫文章，可以是段落式的、碎片化的。每天閱讀、學習的時候要隨時記錄下內容的重點和思考。只要你記，它們就有用，即便以後不再看這些筆記，它們也是有用的，記筆記的過程就是在幫助吸收和消化知識。

你可以試著畫心智圖。畫心智圖可以讓我們梳理所讀、所學內容的框架，更容易理解其內在邏輯，我們的學習會更有系統。

你也可以教別人。我比較喜歡這種方式。我一直宣導教是最好的學，你會的要拚命教給別人。教的過程可以讓你發現自以為明白了，但其實還沒明白的事情，持續教不同的人同樣的內容，可以不斷加深對這些內容的理解。讀書是常讀常新，教也是常教常新。

還有其他方法，當然最好的方法是綜合運用，不局限任何一種，我想這才是更健康的系統。當處理系統穩定後，思考會成為你的習慣，思考力是寫作力的來源。

組建穩定的輸出系統

認知、輸入、處理，這三個系統都是在為最後的輸出系統做準備，前面三個系統穩定了，最後的系統能差到哪去呢？

但有的朋友會說，我輸入能力一直很好，處理能力也不錯，為什麼還是寫不好文章？這其實是你腦子裡有一堆想法，卻不知道如何組織呈現，歸根究柢，還是輸出系統不好。

不過不用擔心，穩定的輸出系統其實是最容易建立的。所謂輸出能力就是呈現能力，其實就是寫作技巧本身。你的選題能力、擬標題能力、語言組織能力、觀點提煉能力、編寫故事能力、成稿能力、排版能力、傳播能力、好文章的判斷能力等，都更偏向於輸出能力。

建立穩定的回饋系統

寫作能力持續穩定地進步，靠的是持續地回饋，透過回饋看到你的優勢和不足。對於優勢，要繼續鞏固；對於不足，要一點點改善。如果沒有穩定的回饋系統就無法支撐你持續進步，這是必然的。

要如何搭建一個穩定的回饋系統？首先，要有一個可供持續寫作的平台。這裡我要提醒的是，我們的目的不是把每個人都培養成爆紅文章作者，只要找到一個能讓你寫的東西被幾千甚至幾百人看到的地方，你就可以搭建這樣一個回饋系統。因此即便是每天寫幾百字發動態貼文也是可以的，社群能給你提供持續的回饋。另外，社群是比較好的分享寫作之處。比如我的知識星球社團，成員有五千二百多人，成員在社團裡練習寫作，都有五千二百多人可以看到，這就形成一個很好的回饋系統。知識星球這個社團是可以看到閱讀量的，很多朋友的分享能達到三、四千的閱讀量，收到幾十個讚和好幾則評論，這基本相當於一個擁有三萬名追蹤者公眾號的影響力。現在各種學習、成長、寫作社團數量繁多，很多都可以滿足寫作展示需求，這就相當於花幾百元給自己買了一個現成的寫作分享平台，並且直接擁有五、六千名高品質的讀者。

其次，要持續觀察文章數據。不管在哪裡分享文章，要養成每天看資料的習慣。多少人看了，多少人按讚了，多少人評論了，多少人分享了，你經由分享連接了多少朋友……這些數據是每天監控的重點。

最後，要藉由數據回饋，提升寫作技能。根據閱讀數的回饋可以不斷提高自己的選題能力和擬標題能力，也就是洞察讀者需求和揣摩人性的能力。這項能力的提高不僅對你的寫作有益，還對你與整個世界的相處都有幫助。根據按讚數的回饋，你可以不斷提升自己對文章品質的把控能力，促使你寫出更受歡迎的、更有價值的文章。根據大家留言的回饋，你可以在和讀者的持續互動中瞭解你的讀者，進而更加清楚知道他們喜歡什麼、認同什麼、懷疑什麼、焦慮什麼，也可以知道大家怎麼評價你、怎麼評價你的文章，這些可以大幅地改善你的寫作思維。

這就是回饋系統的價值。寫作不是一件可以瞬間爆發的事，而是長期累積的系統產物，成為寫作高手更需如此。

寫出好文章要靠整個寫作系統的支撐，因此如果想持續穩定地高品質寫作，就要圍繞認知系統、輸入系統、處理系統、輸出系統、回饋系統這五個方面著手，搭建整個寫作系統。

11 Chapter

變現能力

大幅提升個人收入

1 如何透過寫作，打造個人品牌

什麼是個人品牌？個人品牌就是一個人在某個領域中，對該領域的受眾而言擁有的比較一致的印象和口碑，基本包括三個元素。

第一，你在某個領域中有一定的知名度。

第二，大家普遍都知道你是做什麼的。

第三，大家在某方面信任你、依賴你。

如果你在某個領域中擁有個人品牌，你的名字就代表某種知名度、專業度、信任度。比如我在新媒體領域中有一定知名度，大家都知道我會寫文章、經營成長社團、教寫作課；讀者因為信任我，所以會讀我的文章、加入我的社團、購買我的寫作課。這就是我的個人品牌，以及由個人品牌產生的效應。

這一節的主要內容是如何透過寫作，打造個人品牌。本節共兩個部分，第一部分講為什麼要打造個人品牌，第二部分介紹打造個人品牌的五個步驟。

為什麼要打造個人品牌

① 不管想不想打造個人品牌，都會形成

任何人在這個社會上都不是孤立存在的，上班要和同事、主管、合作夥伴打交道，平時會和同學、朋友、親戚等打交道。在這個過程中，所有和你接觸過的人都會建立一個對你的印象，所有人對你印象重疊最多的部分就成了你的個人品牌，很多時候都表現在別人給你貼的一個個標籤上。比如我擅長寫實用長文，講課比較注重實戰，做事非常可靠等，這些標籤就建構了我的個人品牌。所以，既然不管你想不想打造個人品牌它都會形成，為什麼不主動打造自己的個人品牌？

② 個人品牌是這時代最好的賺錢工具

羅振宇有一個觀點：職場，以至於未來社會，最重要的資產是影響力。而建構影響力的方法，一是寫作，二是演講。影響力是什麼？就是你的個人品牌。良好的個人品牌會給你帶來正面影響，惡劣的個人品牌則會給你帶來負面影響。比如我的個人品牌裡有課程實用、做事可靠等這些標籤，因此很多朋友會說，只要是我的課程就值得買，只要是我寫的文章就值得看，這就是一個良好的個人品牌帶來的正面影響，也讓我有了更好的發展。如果我身上的標籤是文章寫得爛、課程品質差、做事不可靠，那很可能我規畫一門很好的課，消費者也不會來買，因為在消費者的認知裡，我的課一定爛。個人品牌一旦形成，就具有持久性，相當

於在這個領域占據一個位置和認知。像是一想到學習新媒體經營，就會想到我的名字，別人想搶占這個認知是不容易的。一個擁有個人品牌的人就有影響力，就能獲得更多曝光，為自己爭取到更多機會和資源，這些就是你的賺錢能力。美國管理學者湯姆．彼得斯有一句被廣為引用的話：「二十一世紀的工作生存法則就是打造個人品牌。」不管是企業、產品還是個人，都需要打造自己的品牌。如果說這個時代有鐵飯碗，那就是個人品牌。

打造個人品牌的五步驟

①揚長避短，找到定位

透過寫作打造個人品牌的第一步，就是定位，也就是要決定在哪個領域中寫作。你可以透過定位理論的指導，找到優勢和位置，然後朝一個方向努力。

定位指的是：如果想讓一個產品的品牌對消費者產生影響力，就應該在你預期客戶的腦子裡，為你要賣的產品占據一個真正有價值的地位。簡單說就是，要讓別人知道你是寫什麼的，而且還會覺得你能寫得不錯。所以，你要進行一次深度的自我分析，確定自己的優勢和劣勢，喜歡什麼和討厭什麼，找到自己的定位。最初這個定位越細分、越精準越好，這樣可以集中力量更快給相應的受眾留下更深的印象。比如你給自己的寫作定位是個人成長，但這個領域比較大，而你又沒有很深的積累，這時候你就可以再細分一點，選中一個細分領域，設定一個長期目標開始寫作。

② 設定標籤，固定形象

標籤可以理解為一種特定的印象。很多公眾號都會給自己貼上一些標籤，讓讀者看到這些標籤的時候，就能聯想到讀者自己。比如「新世相」的一個標籤是「每天最後一分鐘的人生學校」，它會在每天零點前最後一分鐘推送，久而久之這個標籤就深入人心，讀者一看到這個標籤就會想到「新世相」，看到「新世相」也會想到「每天最後一分鐘的人生學校」。我的個人帳號「粥左羅」的一個標籤是「拚命向上生長」，我在所有的輸出中都會不斷強化這個標籤，所以很多讀者看到這幾個字，就能想到「粥左羅」這個公眾號。

你為自己貼標籤，就是在讀者心裡進行認知建設，標籤在會讀者心裡形成特定印象，發揮增強感知、加深印象的作用。標籤最好能夠搶占先機，或者有一定的獨特性，如果一個標籤已經被他人占領，或是和他人雷同，你再去用這個標籤的成本就會變高。

另外，你的名字和頭像最好要固定下來，因為這相當於品牌形象。你每一次使用這個形象，都會在讀者心裡強化對這個形象的認知，久而久之這個形象就會慢慢固定下來，和你的標籤一樣成為讀者記住你的重要因素。

一個品牌形象被讀者記住，需要大量時間、注意力，這些都是認知成本。如果你三不五時換一下，相當於你把之前形象累積的影響力全部丟掉，重新開始。比如「粥左羅」這三個字就代表我的一切。如果我突然換一個名字叫「劉可樂」，那麼我用「粥左羅」這三個字營造的一切品牌優勢就一下全沒了，如果我上一門新媒體課海報上署名「劉可樂」主講，一定沒什麼人關注。所以每個想塑造個人品牌的讀者，要確定一個好名字和頭像，然後長期重複使用。頭像可以偶爾換一下，但名字盡量不要換，換名字代價太大。

③ 持續輸出，經營品牌

羅馬不是一天造成的，品牌也不是一下子打造的。當你的名字、定位、標籤都確定後，接下來要做的就是透過持續輸出，不斷強化你的個人品牌。如今是一個內容供大於求的時代，你一段時間不出現，但內容會一直出現，大家不看你輸出的內容還是可以看別人的內容，這樣你在大家心裡的印象就會弱化，很容易被大家遺忘，所以一定要持續輸出。明星要不停參加節目製造話題，不然就會「過氣」；可口可樂、蘋果這樣人盡皆知的大公司也要四處進行廣告宣傳，否則品牌影響力就會下降。透過寫作打造個人品牌，就需要持續輸出進行累積。持續輸出，不是只管輸出就可以了，如果是「無效輸出」，不但不能累積品牌，還會消耗品牌。持續輸出，既是為了保證品牌影響力不下降，也是為了蓄能，以便遇到機會時，能抓得住、跟得上。堅持進行持續的寫作輸出，還需要注意這三點。

- **要注重品質**：品牌的影響力包括兩個重要面向：一是知名度，二是美譽度。持續寫作是為了不斷提高知名度，讓更多人知道你；注重每一次輸出的品質，是為了增加個人品牌美譽度。只有知名度是不夠的，大家知道你但是不認可你，這樣的品牌反而適得其反。而且網路是有記憶的，你寫的文章一旦發在網上幾乎就無法銷毀，所以要認真對待每一次寫作。

- **主題要聚焦**：不要什麼主題都寫。既然給自己定位，這個定位就不僅是你的個人品牌定位，也應是你的寫作內容定位。越聚焦，大家對你的認知就越清晰，反之就會分散甚至干擾大家對你的認知。比如我的寫作定位就是個人成長這個領域，我幾乎所有文章都是關於這個領域的主題，所以大家對我這個公眾號的認知非常清晰，用戶黏性和閱覽率也非常好。
- **管道要聚焦**：內容平台是你獲得影響力、進行品牌經營的管道。你可以在多個管道寫作，但要選擇一個平台作為主場，其他平台為輔。這樣是為了集中主要力量，在一個平台上持續發力，產生集聚效應。

④ 學會借力，賦能品牌

很多品牌會請明星代言產品，借助明星影響力來提升品牌力，這就是一種借力行為。借力，就是清楚自己的需求，並有目標、有策略地向外部尋求協助，以達成目的。它可以分為兩種：向熱門人物和熱門品牌借力，以及向熱門話題借力，也就是我們常說的「蹭熱點」。在透過寫作打造個人品牌的路上，我們也可以向一些熱門人物、品牌、話題來借力。不一定非要名人，只要對方能幫你影響到更多的人，就可以向他們借力，比如同領域的資深前輩、對你影響力和品牌有需求的受眾。如何向熱點人物和話題借力？

首先，要對輿論保持敏感，知道什麼是當下的熱點。可以時不時看看網路上的熱搜榜，熱門關鍵詞榜等即時熱點榜，這樣對熱點的瞭解會比較即時，才更容易向熱點借力。

其次，從自己擅長的領域，找一個跟熱點能結合起來的角度發聲。向熱點借力的目的是擴大個人品牌影響，不是為了傳播熱點。你要做的是借助熱點的影響力，讓大家注意到你或你表達的觀點而不只是熱點本身。比如我寫《海底撈上市，身價六百億的張勇用人潛規則：談錢，才是對員工最好的尊重》這篇文章是借助海底撈上市的熱點，來表達「談錢，才是對員工最好的尊重」這個張勇的用人觀，從而讓讀者注意到這篇文章，注意到我。要記住：向熱點借力是途徑，不是目的。

最後，不要為了追熱點而追熱點，也不要為了蹭熱點就可以不顧一切。有人什麼熱點都要追，甚至會用很極端的方法，語不驚人死不休，一定要讓人對自己的觀點印象深刻，哪怕價值觀有問題會傷害他人也不在乎。更好的做法是藉著分析受眾需求，再試圖滿足需求，用雙贏和多贏去換取支援。打造個人品牌，你需要的不是熱點帶來的流量，而是借助熱點流量擴散自己的影響。

⑤蒐集回饋，調整優化

個人品牌不是做大、做強就可以，還需要去維護和經營。需要不斷蒐集回饋，調整優化個人品牌。寫一篇文章發出去，這篇文章的閱讀量、按讚數、評論、轉發等資料就是給你的回饋。這些資料會告訴你，這篇文章效果如何。可以從這些資料的變化中分析原因，然後進行調整優化。如果一篇文章突然閱讀量變高，要去分析這個資料變化背後的原因，看是這個話題使大家更感興趣，還是標題更吸引人，抑或只是發文時間的影響。或是很多人在評論一篇文章，大家是在討論這篇文章的主題，還是在發表個人感想，又或者只是在吐槽。你可以根據這些留言再次審視文章。

讀者回饋就是對個人品牌如何調整優化的建議，能幫助你鞏固、完善個人品牌。個人品牌就是大家對你的印象和口碑，不管你想不想打造個人品牌，都會形成。個人品牌會帶來知名度和影響力，幫你爭取到更多資源和機會，讓你獲得更好的發展，擁有更強的賺錢能力。

打造個人品牌，首先要找好定位，在選定的領域做好自己的認知建設，形成長期穩定的形象，用持續的輸出去經營品牌，再整合管道資源，借助外部能量，讓個人品牌進一步突破，最後根據回饋，不斷調整優化自己的個人品牌。

2 如何建立自己的影響力根據地

根據地是指：賴以存在的基地、基礎。因此影響力根據地就是指：你的影響力賴以存在的基地、基礎。

我在公眾號上發的文章有幾萬甚至數十萬人看，但我在抖音上發的影片只有幾百個人看，我在豆瓣上發的帖子幾乎沒有人看。對我來說，公眾號就是我的影響力賴以存在的基地，即我的影響力根據地，離開公眾號，我的影響力就無法發揮作用。因此更確切地說，影響力根據地就是，你在那個地方說話，有人聽、有人信。

如何建立自己的影響力根據地

① 找到合適的核心平台

不同人的影響力根據地是不同的，比如有的人在PTT上有影響力，但在IG上沒什麼人關注；有的人在YouTube上特別紅，但臉書沒人看；有的人經營LINE@很厲害，但在粉絲團上沒有影響力。不同人適合不同平台，不同人喜歡不同的平台，不同內容搭配不同的平台。有人喜歡寫書評、影評，PTT是不錯的地方；有人喜歡熱點新聞，臉書是不錯的地方；有人喜歡拍影片，YouTube是不錯的地方。對於有些內容，不同平台都可以做，比如想寫文章，Medium可以，方格子、粉專也都可以；喜歡拍影片，抖音可以，YouTube可以，其實IG也可以。因此可以多研究不同平台，看看這個平台的風格是不是你喜歡的，是不是讓自己舒服，甚至讓不讓自己嚮往。初期也可以把內容在多個平台上發布，因為不確定在哪裡更受歡迎，所以可以多試試。

② 整理管道，彙聚影響力

整理管道就是將現有的管道資源進行整合處理，把影響力彙聚到核心平台上，因為這個核心平台就是我們要建立的根據地，一是維護起來比較高效，二是關鍵時刻人多力量大。比如我有三個微信號、六個微信群、三個公眾號、一個知識星球社團，但我的影響力根據地是「粥左羅」這個公眾號，其他所有管道的影響力都會在這裡彙聚。比如在知識分享平台、網路論壇、微網誌、社群網站上都有追蹤者，你可以多平台經營，但最好有個最核心的，平時可以將其他平台上的粉絲往這個核心平台上引導。

③ 養成累積追蹤者習慣

當確立核心平台之後，要養成隨時累積追蹤者的習慣。比如我確定「粥左羅」成為核心平台即影響力根據地之後，我在所有地方寫個人介紹，出去講課，參加一些大會、論壇時，如果有機會都會進行推廣。我出書時會在折口上放QRCode，同時在課程中也會反覆提及我的公眾號，總之我能觸達的、影響到的人，都會盡可能讓他們成為我的追蹤者。

通訊軟體、社群和公眾號

通訊軟體本身就是一個熟人社交工具，代表一種真實、親近的關係，我們可以非常方便地進行一對一私密聊天，同時也可以在群組發布內容給所有好友看，關鍵時候還能群發給所有人消息，因此今天通訊軟體也成為很多人建立影響力根據地的選擇。

社群網站既是多對多的社交工具，因此也是提高影響力的一種管道：一是在影響力沒有那麼大的時候，社群可以讓你跟大家更好地互動，增加黏性；二是社群可以是核心讀者群的交流場所。

關於公眾號，現在很多人唱衰公眾號，整體上公眾號的紅利期確實已過，但除非內容不適合公眾號，否則中國的內容創業者首選平台一定還是公眾號，而非今日頭條、抖音等。

這幾年讓內容創作者真正賺到大錢的不是今日頭條，也不是抖音，甚至也不是新浪微博。從二〇一五年起，內容創業成為創業和投資的趨勢，但是幾乎很少聽說經營微博、今日頭條拿到投資的，幾乎全是公眾號創業者。

從用戶數上來看，一個普通的不拿投資的內容創作者，在公眾號上有十萬名追蹤者，透過廣告、課程、電商分銷等，一年賺一、兩百萬並不誇張。但在今日頭條、抖音這樣的平台上擁有十萬追蹤者，可能遠遠賺不到這麼多。從單位使用者價值上，今日頭條、抖音遠沒有公眾號價值高。在公眾號上有兩三萬名追蹤者，頭條閱讀量兩三千就有可能接到一些廣告，但如果在抖音上有兩三萬名追蹤者，基本上沒什麼廣告價值。

這是為什麼？平台的使用者、流量邏輯不同。簡單來說：公眾號上的用戶，首先是你的追蹤者，其次是平台的用戶；今日頭條、抖音上的用戶，首先是平台的用戶，其次才是你的追蹤者；在公眾號生態裡賺錢更多的是號主；在頭條、抖音生態裡賺錢更多的是平台。

公眾號，我稱為訂閱邏輯。你有十萬名追蹤者，相當於十萬名用戶訂閱你，你推一篇文章，理論上十萬名用戶都有機會看到你，平台不進行干預，也沒有強者更強的推薦邏輯。

今日頭條和抖音，我稱為推薦邏輯。你有十萬名追蹤者，理論上這十萬名追蹤者也都有機會看到你，但實際上並不是這樣的。進入抖音App介面，預設出現的是「首頁」，這個首頁就是平台的流量池，為你準備好平台推薦的內容，也是大多數使用者看內容的習慣。公眾號沒有這樣的流量池，它是一個用戶關注列表。

訂閱邏輯是什麼？就是我沒訂閱的帳號的內容，永遠不會出現在我的關注列表裡，除非朋友分享，否則我不會看到沒關注的公眾號的內容。

推薦邏輯是什麼？你會收到大量未訂閱帳號的內容，平台根據你的內容消費習慣，使用機器演算法推薦。

有人稱抖音的推薦邏輯為賽馬機制。實際上可能不是這樣的，像是在平台的流量池裡，首先給一千條內容平均分配一千個觀看流量，然後根據一個時間區間內這些內容的按讚數、評論數，選出其中前一百條內容繼續分配流量，比如五千次，之後根據它們的按讚、評論等選出其中十則熱門影片，進行大流量推薦。所以抖音帳號一個非常顯著的特點是單條內容的獨立性非常強，你這則影片紅了獲得一百萬個讚，下一則可能依然只有幾百個讚。我是抖音用戶，閒著沒事看抖音，發現很多追蹤者幾十萬的帳號內容流量都不太好，只有幾則爆紅。抖音的流量非常不穩定。公眾號的閱讀量相比來說是更穩定、可控的，假如有十萬名追蹤者，可能平均會有七、八千的閱讀量。

最後，再重複那條重點：公眾號上的用戶，首先是你的追蹤者，其次是平台的用戶；頭條、抖音上的用戶，首先是平台的用戶，其次才是你的追蹤者。

每個人的能量都是有限的，不可能在哪裡都有影響力，因此為了集中力量辦大事，更好地為個人品牌賦能，更高效地進行價值變現，每個人都要建立自己的影響力根據地，並養成持續累積粉絲的習慣。

3 寫作的間接與直接變現路徑

這本書的目的，是希望透過讓人人學會寫作，同時讓寫作能力給你的賺錢能力賦能，所以最後一節我們講講如何藉由寫作，進行個人價值的變現。

為什麼我要在變現前面加上「個人價值」這四個字？因為我必須強調一點：最終賺到錢的人，是真正為市場、讀者提供價值的人，賺到錢是你創造了價值之後的必然結果。確定這一點後，我們再來講變現：間接變現和直接變現。

間接變現

①個人品牌間接變現

凡是能觸達視線的地方，都是變現的宣傳視窗。這是一個注意力經濟時代，只要有人關注你，你就能擁有變現能力。如何變現？答案是：提升在產業中的知名度，讓產業的人、公司、潛在合作夥伴知道你，而且認可你，這是為了尋找外部新機會。比如加入一家更好的公司，結交業內更高層的人脈，加入一個創業團隊，發現新的商業機會等。

② 職場競爭力

寫作是個人能力的放大器。不管從事的工作是不是新媒體業，和寫作有沒有關係，寫作能力都是職場通用競爭力。這是因為表達、溝通、展示這三點是每個人職場競爭力的基本面。平時工作時，在一切關於表達、溝通、展示的場景中，你都可以發揮寫作能力帶來的優勢，讓每一次表現都更精彩，建立你在公司的影響力，也讓更多人看到你的能力，進一步獲得更多資源和機運，擁有比別人更多的升職加薪機會。

③ 直接做相關工作

內容產業已經足夠龐大，而且相關的工作不少，待遇也不差。如果你寫作能力不錯，說不定能在這個行業中找到一份高薪工作。

④ 打造知識付費課

對擁有一技之長的人來說這是最好的時代，因為可以靠知識付費賺錢。但前提是，你要同時擁有寫作能力，寫作能力可以把你的技能透過文字呈現，再錄製成音訊，在各種知識付費平台上架。說到知識付費，大部分人的第一反應就是：這個行業門檻很高吧。其實是你想得太難，或者說太狹隘了。要明白在這個知識付費盛行時代，任何能力都能變成課程。比如：簡報、影像編輯、Excel、心智圖、寫文案、寫履歷、寫商業計畫書、彈吉他、減肥、炒菜、洗臉、洗頭等，凡是擅長的知識技能都可以透過寫作做成課程，在各種知識付費平台上進行銷售。

⑤ **創立付費社團**

如果藉由寫作有了一定的知名度和影響力，就可以創立收費社團，為大家提供知識服務。我自己也創了一個成長社群，用來輔助大家學習、寫作、成長。

直接變現

① **付費文章**

透過獲得付費變現是一種比較容易的方式。現在知識付費的理念已經非常普及，讀者如果認可你的這篇文章，就會很樂意給你打賞。我的公眾號文章，平均下來一般一篇有五百元左右的打賞。在我的知識星球社團中很多人會寫文章，我每個月要自己掏腰包，拿出四、五千元給大家打賞。

② **投稿**

投稿是變現最直接、最便捷的途徑，不需要你考慮排版與配圖，不需要考慮漲粉或經營，只需要文章達到上稿標準即可，算是一種比較「省心」的變現方式。現在雖然是一個內容供過於求的時代，但原創的優質內容產量十分有限，很多媒體對於優質原創內容是有大量需求的，所以只要能寫原創文章，就不用怕賺不到錢。投稿給媒體的途徑也很容易找到。可以找幾個感興趣且有投稿需求的媒體，去研究刊登的文章，弄清楚所需文章的領域、調性、風格，就可以嘗試進行投稿賺取稿費。

③ 廣告

各個內容平台基本都有其廣告盈利模式。比如公眾號，只要用心經營到五千名粉絲，就能「接」到微信官方的廣告。這個廣告叫「流量主」。粉絲數達到五千後可以申請微信官方的流量主功能，而且可以設置相應的廣告類別，選擇和你帳號定位較為符合的廣告，以提高廣告點擊率，將廣告對你的影響盡量降低。另外還可以透過接其他產品分銷廣告或品牌曝光廣告來賺錢。粉絲數量越多，活性越高，定位越準確，廣告的報價就會越高。

④ 出書

當累積一定的寫作功底，在一個領域有了系統性的知識，或者有不錯的經歷和故事，都可以把寫下的文字進行整理，用作未來要出版的書中內容。當然出書沒那麼容易，但也絕沒有想像中那麼難。等你慢慢累積，也許有一天就能完成一次自我價值和版稅的變現。

以上就是本節的內容，最後我想說兩點。

第一，每個人都想賺到錢，但最終賺到錢的人是真正為市場、為讀者提供價值的人，不投機、不取巧，不要以收割讀者的心態做事，所以大家平時要更常思考怎麼為讀者提供價值。

第二，當擁有寫作能力的時候，要慎用。寫作能力越強，影響力就越大，責任就越大，一篇文章發出去可能會有成千上萬人看到，不要寫自己都不相信的東西。我自己成立個人帳號之後在家中牆上貼了一張紙，上面用黑色麥克筆寫了一句話：「要有內容信仰，堅信優質內容對一個人的正向影響，永遠不製造垃圾。」我以提醒自己這一點開始每一天的寫作，希望各位掌握這門手藝之後，不僅能賺到錢，更能藉由寫作製造美好。

Unique 072

大人的 11 堂寫作課【長銷新裝版】：
寫出影響力、變現力，在 AI 時代脫穎而出！

作　　者　粥左羅
總 編 輯　蔣榮玉
責任編輯　許訓彰、吳昕儒
封面設計　王俐淳
內文排版　菩薩蠻數位文化有限公司

企畫副理　朱安棋
行銷企畫　江品潔
業務專員　孫唯瑄
印　　務　詹夏深

發 行 人　梁永煌
出 版 者　今周刊出版社股份有限公司
地　　址　台北市中山區南京東路一段96號8樓
電　　話　886-2-2581-6196
傳　　真　886-2-2531-6438
讀者專線　886-2-2581-6196轉1
劃撥帳號　19865054
戶　　名　今周刊出版社股份有限公司
網　　址　http://www.businesstoday.com.tw

總 經 銷　大和書報股份有限公司
製版印刷　緯峰印刷股份有限公司
二版一刷　2025年7月
定　　價　400元
I S B N　978-626-7589-41-0

國家圖書館出版品預行編目 (CIP) 資料

大人的 11 堂寫作課 : 寫出影響力、變現力 , 在 AI 時代脫穎而出 ! / 粥左羅著 . -- 二版 . -- 臺北市 : 今周刊出版社股份有限公司 , 2025.07
336 面 ;14.8x21 公分 . -- (Unique ; 72)
ISBN 978-626-7589-41-0(平裝)

1.CST: 寫作法

811.1　　114007684